지노 박의 뒤바뀐 삶

죽음의 늪에서 축복받은 뮤직아티스트로 거듭난 지노 박의 인생역전 스토리

지노 박의 뒤바뀐 삶

발행일	2023년 11월 1일 초판 1쇄
지은이	박준성
편집 디자인	사사연 B&D
마케팅	이정호
발행인	이재민
발행처	리빙북스
등록번호	109-14-79437
주소	서울시 강서구 곰달래로31길 7 동일빌딩 2층
전화	(02) 2608-8289
팩스	(02) 2608-8265
이메일	macdesigner@naver.com
홈페이지	www.livingbooks.co.kr

ISBN 979-11-87568-30-8 03810
ⓒ 박준성, 2023

죽음의 늪에서 축복받은 뮤직 아티스트로 거듭난 지노 박의 인생 역전 스토리

지노 박의 뒤바뀐 삶

마약 중독의 끝
죽음과 회복 그리고 새로운 시작

A REVERSED LIFE

박준성 지음

용기를 얻게 되길
바라는 이들에게

누구에게나 단 한번 주어지는 소중한 삶, 한 번 지나가면 다시는 되돌릴 수 없는 시간을 나는 너무 오랫동안 길고 어두운 터널에서 허비했다. 내 앞에는 절망과 죽음밖에 안 보였던 암울한 시간을 힘겹게 걸어온 나의 지난 삶을 돌아보면 지금 이 순간 내가 숨을 쉬며 살고 있다는 것 자체가 기적이다.

지워 버리고 싶은 악몽과 같은 지난날의 부끄러운 이야기를 다시 꺼내는 것은 내게는 두렵고 떨리는 일이며 고통이다. 떠올리기 싫은 기억속의 망가진 나를 소환해야 하고 잊고 싶은 나의 못난 행동을 직면해야하기 때문에 나로서는 무척이나 괴롭고 마음이 무겁다.

그러나 미약하나마 나의 이야기가 누군가에게 다시 살고 싶은 동기부여가 될 수 있다면 나는 기꺼이 모든 것을 감수하고서라도 나의 못난 지난 시절의 이야기를 용기 있게 풀어내고 싶다.

'무섭고도 두려운 존재
죽음을 부르는 마약'

멋지고 아름다운 뮤지션의 길을 걸어 갈 수 있었던 나를 마약이 송두리째 삼키고 말았다. 마약의 끝은 무기력과 초라함 그리고 온갖 보이는 환각 속에서 결국 현실 세계와 멀어지고 모든 시간들은 온통 고통으로만 가득하다.

단 한 번의 호기심으로 시작된 마약은 내 인생을 아픔과 상처, 외로움, 초라함, 비참함, 그리고 고통으로 몰아갔다. 기나긴 세월을 삶의 무게에 눌려 내 의지와는 상관없이 끌려 다니는 삶을 살았다. 아무도 내 삶 가운데 들어올 수 없었다. 너무나도 외롭고 고독한 시간을 철저하게 혼자 감당해야 했다.

이제는 지나온 나의 시간들이 부끄러운 과거의 이야기로 남기보다는 진정으로 용기 있는 회개의 고백이 되기를 간절히 바란다. 지금도 어디에선가, 내가 힘겹게 지나왔던 그 긴 고통의 터널을 지나고 있는 친구들에게 작으나마 위로와 격려의 메시지를 전하고 싶다. 그리고 힘들어하는 그 모습을 바라보아야 하는 가족들에게도 용기와 희망을 나누고 싶다.

오랜 시간 고민 끝에 큰 결심을 하고 지나온 나의 삶을 정리하려 했지만 도대체 어디서부터 무엇을 어떻게 시작해야 할지를 몰라 한참을 망설였다. 기억하고 싶지 않은 시간을 되돌아보는 사색의 과정은 내가 생각한 것보다 훨씬 더 힘든 일이었다.

그렇지만 나는 이 책을 시작으로 나의 부끄러운 모습과 나의 모든 아픈 기억을 있는 그대로 인정하고 받아들이고 더 나아가 따듯하게 보듬어 주려고 한다.

"감추고 싶은 이야기를 꺼내어 주셔서 고마워요, 그 자체만으로 누군가에게 큰 용기와 희망을 주게 될 겁니다."

누군가 나에게 다가와 따듯하게 건네준 이 말 한 마디는 나에게 너무나도 큰 격려와 용기를 주었다. 수많은 죽음의 고비에서도 죽지 않고 살아온 내게 주어진 삶은 선물이다. 소중한 이 선물 같은 삶을 사람들과 아낌없이 나누며 살아가고 싶다.

글을 정리하는 내내 어머니 생각이 많이 났다. 내가 가장 아프고 힘들고 어려울 때 유일하게 나의 편이 되어 주셨던 어머니, 어머니가 옆에 계시지 않으셨다면 오늘의 나는 없었을 것이다. 어머니께 이 책을 가장 먼저 드리고 싶다.

그리고 사랑하고 존경하는 나의 아버지, 돌아가시기 전에 나눈 마지막 대화가 생각난다.

"너 때문에 아빠는 행복했단다."

아버지의 다정하고도 인자한 그 말 한마디는 늘 나를 다시 일으켜 세우는 힘이다. 끝까지 막내아들을 사랑해 주신, 보고 싶은 나의 아버지 지금은 하늘나라에 계시지만 아버지께도 이 책을 드리고 싶다.

늘 곁에서 용기를 주며 헌신적으로 힘이 되어준 아내와 아빠를 세상에서 최고로 생각해 주는 소중한 딸 예원이 그리고 쓰러져가는 동생을 바라보며 힘들어 했을 형들, 가족 모두에게 감사와 미안한 마음을 전한다.

또한 일일이 이름을 다 밝힐 수는 없지만, 무너진 나를 바라보는 것만으로도 힘들었을 분들께 그리고 함께 아파해 주었던 소중한 분들 모두에게 이 지면을 통해 깊은 감사의 마음을 전하고 싶다.

여기까지 나를 인도해 주시고
기다려 주시고
나의 전부 되시는.
"하나님께 감사와 영광을 올려 드린다."

Contents

"A BRIDGE TO HAPPINESS"
"행복을 이어주는 다리"

Contents

나의 어린 시절

뛰어 노는 아이들을 먼발치에서 바라보며 정말 한번만이라도 사람들 앞에서 힘차게 걸어보고 싶은 생각이 간절했다. 그러나 나의 현실은 늘 그 자리, 내가 기억하는 나의 어린 시절은 '놀림의 대상이었던 작은 소년'이다.

"너는 피아노도 잘 치고, 유머도 있고, 용감하고 정말 모든 게 다 좋은데, 다리를 저는 게 너무 아쉽다……."

「장애로 시작된 나의 삶」 중에서

장애로 시작된 나의 삶

나는 목회자 가정의 막내아들로 태어났다. 큰 누나가 있었지만 한 살 때 사고로 인해 세상을 떠났다고 한다. 그 후로 부모님은 세 명의 아들을 얻으셨고 네 번째는 딸이 태어나기를 원하셨지만 막둥이 아들로 내가 태어났다. 내가 8개월이 되었을 즈음 소아마비를 얻게 되었고 이로 인해 한쪽 다리에 이상이 생겼다. 남들처럼 건강하지 못한 나를 위해 어머니는 내가 4살 때부터 피아노 교육을 받게 하셨다. 아무래도 한쪽 다리가 불편한 내가 육체적인 노동을 하는 것이 힘들다고 판단하신 모양이다. 사랑하는 막내아들을 위한 어머니의 배려이자 어머니의 선택이셨다.

내가 걸음마를 해야 할 때 즘, 어느 날 어머니가 나를 일으켜 세웠는데 자꾸 한쪽으로만 기울어지는 것을 보고 이상함을 느끼셨다고 한다. 뭔가 잘못 되었음을 직감하신 어머님은 나를 업고 병원으로 달려가셨고 그 이후로 3년 반이라는 세월을 전국의 유명한 병원과 한의원을 찾아다니면서 내가 걸을 수 있기를 간절히 바라며 온갖 노력을 다 기울였다고 한다. 그 당시 어머니는 만약 내가 끝내 걷지 못한다면 나와 같이 죽을 생각까지도 하셨다고 했다. 아들의 장애 가 자신의 잘못인 것만 같아 그렇게도 마음이 많이 아프셨다고 한 다. 어머니의 사랑은 정말 놀랍고 위대하다. 그 헌신적인 사랑으로 나를 기어이 걷게 만드셨다. 어머니의 지극정성의 보살핌으로 나는 걸을 수는 있게 되었지만, 온전치 못한 나의 다리는 많은 아이들에 게 놀림의 대상이었다.

철없는 아이들의 따돌림과 놀림은 어린 내가 감당하기에 너무 힘든 일이었다. 신나게 뛰어 노는 아이들을 먼발치에서 바라보며 나는 늘 이런 생각을 했다.

'나도 저렇게 힘차게 뛰어 보고 싶다.
정말 딱 한번만이라도 좋으니, 친구들처럼 뛰어다니며 놀면 얼 마나 좋을까?'

일반 사람들에게는 매우 평범한 것일 수 있겠지만, 어린 시절 나 의 간절한 소원은 뒤뚱거리지 않고 두 발로 힘차게 걷고 뛰는 거였

15

다. 나도 우리 형들과 동네친구들처럼 걷고 뛰고 싶었다.

그런데 나의 현실은 한쪽의 짧은 다리 때문에 뒤뚱거리며 걸을 수밖에 없었던 나였다. 늘 뒤처지고 놀림 받는 나, 한쪽 구석에 쪼그리고 앉아 신나게 뛰며 노는 친구들을 바라보는 나, 내가 기억하는 나의 어린 시절은 이렇다.

'늘 놀림의 대상이던 작은 소년'

누구에게나 어머니라는 존재는 소중하지만, 나에게는 더욱 특별하다. 친구들한테서 따돌림 받고 속상해서 '엄마!' 울면서 집에 들어갈 때면 어머니께서는 마음 여린 막내아들인 나를 언제나 따뜻한 품으로 꼭 안아주셨다. 그 따뜻하고 포근한 어머니의 품을 지금까지 내 몸이 기억한다. 내가 커서 힘들고 아플 때마다 그때의 어머니의 품을 떠올리며 죽음 직전에서도 다시 부모님이 계신 곳으로 되돌아오게 하는 큰 힘이 되었다.

지금도 문득문득 어머니가 생각 날 때면 왜 그런지 나도 모르는 감정이 물밀듯 밀려온다. 어머니를 생각하면 내 가슴이 아리고 뜨거운 눈물이 고인다.

'나는 왜 어머니에게 늘 바라기만 했을까?

나에게 모든 것을 쏟아 부어 주셨는데…….

왜 나는 어머니의 헌신적인 사랑을 감사하지 못하고 당연하다고만 여겼을까?'

어머니는 나에게 어떤 특별한 것을 요구하신 적도 없었다. 그저 내가 평범한 아들로 잘 자라주기만을 바라셨을 뿐. 물론 아무리 후회해도 소용이 없는 줄 알지만, 지난 세월 나 때문에 어머님이 얼마나 마음고생을 많이 하셨을까 떠올려 보니 내 마음이 시리도록 아파온다.

불편한 내 다리야, 고마워

:
:
:
:
:

청년이 되고 데이트를 할 나이가 되었다. 데이트를 하면서 나는 단 한 번도 상대의 앞에서 걸어 본 적이 없다. 나의 장애가 부끄러워서가 아니라 상대가 불편해 할까봐 그랬다. 데이트를 마치고 집에 돌아오면 온 몸이 쑤시고 아플 정도로 근육통을 앓았다. 얼마나 긴장을 하며 몸에 힘을 주었으면 그랬을까? 그때 이성과 사귀는 일은 내게 너무나도 힘든 일이었다. 그런데 더욱 힘 빠지는 것은 데이트 상대가 내게 들려주는 말이다.

"나... 너 다리가 불편한 거 처음부터 알고 있었어."

나는 숨긴다고 숨겼는데, 그렇게 다 알아버렸다니...

정말 온 몸에 힘이 쭉 빠지는 일이다.

그때 나는 알았다.

'아, 나는 다르구나⋯ 숨길 수도 감출 수도 없구나.'

지금에서야 편히 털어 놓을 수 있지만 사실은 그런 일이 있을 때마다 며칠씩 사람 만나는 것을 기피하곤 했다.

어렸을 때 나는 혼자서 노는 것을 좋아했다. 사실 혼자서 노는 것이 가장 편했다고 말하는 것이 더 솔직한 표현이다. 아무도 없는 집에서 나는 권투 선수가 되기도 하고 축구 선수가 되어 몸을 움직이면서 할 수 있는 모든 운동선수의 역할을 내가 주인공이 되어 혼자만의 놀이를 즐겼다. 너무 신나는 놀이였다. 그 순간만큼은 내가 두 다리를 자유롭게 사용하는 건강한 친구들과 다를 바 없었다.

불편한 나의 사랑스러운 다리 덕분에 앉아서 상상의 나래를 펼치는 것이 나의 취미가 되었다. 나의 상상력은 정말 끝이 없다. 하늘 위를 자유롭게 날아다니는 내 모습을 생각만 해도 나는 그렇게 기분이 좋을 수가 없었다. 모든 사람들이 두 다리로 걸을 때 나는 하늘을 날아서 움직일 수 있으면 얼마나 좋을까? 그런 상상을 하면서 나는 늘 하늘을 날고 싶었다.

나의 풍부한 상상력 탓인지 모르겠지만 어릴 때부터 내 영혼은 무척 자유로웠다. 어른이 된 지금까지도 어떤 틀에 박힌 사고나 삶을 유난히도 싫어한다. 그래서인지 나는 형식이라는 틀에서 벗어나 내 안에서 일어나는 새로운 생각과 반응에 민감하게 반응하며 무대 위에서도 자유롭게 나를 표현한다.

세월이 흐른 지금 나는 내가 갖고 있는 불편한 다리를 정말 사랑하게 되었다. 그리고 그 불편한 다리를 도와준 나의 건강한 다리가 고맙다. 어쩌면 내가 지닌 장애 때문에 나를 더 잘 알게 되었는지도 모른다. 나의 연약함을 더 많이 사랑할수록 소외되고 약한 사람들을 향한 특별한 마음이 내 안에서 점점 자라나기 시작했다. 나 자신의 약함을 격려하고 위로하듯 나와 같이 몸이 불편한 사람들을 격려하고 위로하며 살고 싶은 소망이 내 맘에 더욱 커졌다.

어릴 때부터 나는 부당한 일 당하는 것을 제일 싫어했다. 그래서인지 무시를 당하거나 차별당하는 사람을 보면 그냥 지나치지를 못했다. 이런 나를 잘 아는 친구가 나에게 '독립군'이라는 별명을 붙여주었다. 친구든 누구든 억울한 일을 당하면 반드시 그 날 해결을 하고 마는 나였다. 내 일도 아닌데 내 일처럼 관여하는 오지랖이 참 넓었다. 한번은 거리에서 아저씨에게 폭행을 당하는 아주머니를 보고 아저씨에게 달려들어 왜 그렇게 하시냐고 소리치고 몸싸움을 한 적도 있다. 정말 겁도 없는 맹랑한 아이였다. 어쩌면 내가 부당한 놀림을 받았기 때문에 곤경에 처한 다른 사람의 아픈 마음을 어린 나이부터 공감할 수 있었던 것 같다.

나를 '찐다'라고 놀리며 절뚝거리는 내 걸음을 흉내 내던 아이들을 한 명씩 찾아내어서 때려주었다. 오랜 세월이 지났음에도 지금 돌이켜보면 그 시절도 제법 그립다. 그때는 많이 속상하고 힘들었지만 지금은 소중한 기억으로 자리 잡았다.

'나를 놀리던 그 아이들은 지금 어디서 무엇을 하고 있을까?' 생각을 하며 웃어본다.

내 모습 그대로,
육체의 연약함을 뛰어넘는 음악성

어릴 때는 나의 장애가 너무 부끄럽고 불편하고 수치스러웠다. 그래서 장애인이 아닌 사람처럼 보이기 위해 무척이나 애를 썼다. 가족들한테서도 특별한 대우도 받고 싶지 않아서 엄살 부리지도 않았다. 나의 불편함 때문에 사람들로부터 다른 대우를 받는 것을 나는 원하지 않았다. 한번은 친구가 내 가방을 들어주려고 했다가 나에게 두들겨 맞은 일이 있었다. 내게 친절을 베풀어 준 친구였는데 어린 나의 마음속에는 건강한 친구를 보면 괜히 화가 났다. '네가 그렇게 건강해? 그렇게 힘이 남아도니?' 이런 꼬인 마음이었던 것 같다. 참 우습지만 그때는 내 안에 '화(anger)'로 가득 차 있었다.

감사하게도 나의 특별한 음악성을 알아봐주고 인정해 주는 사람들이 많았다. 그러면서 조금씩 나의 장애보다는 음악적 재능이 더 돋보이기 시작했다. 점차 나를 놀리던 아이들까지도 나에 대한 관심을 갖게 되었다. 당시 친구들 사이에서 나는 '피아노를 자유롭게 잘 치는 아이, 노래를 잘 하는 아이, 드라마 주제곡을 귀로 듣고 악보 없이 바로 연주하는 아이'로 불리며 꽤 유명세를 탔다. 이런 나의 음악성은 내가 가진 연약함을 덮기에 충분했다. 아이들에게는 만화영화 주제가를 들려주면서 인기를 얻었고 어른들에게는 연속극 주제가를 연주해 드리면서 특별한 사랑을 받았다.

그런데 나에게는 이상하리만큼 특별한 것이 있었다. 말썽꾸러기인 내가 피아노에만 앉으면 심금을 울리는 선율로 듣는 이들의 마음을 감동시킨다는 소문이 퍼져 사람들의 입에 오르내리게 되었다. 심지어 예수님을 몰랐던 내가 찬송가를 부를 때 많은 사람들이 감동을 얻고 은혜를 받았다고 말해 주는 분들이 꽤 있었다.

아버지 목회 현장에서 있었던 일이다. 어떤 목사님이 아버님께 이렇게 말씀하셨다.

"참 이상하네요, 사고뭉치 저 아이가 찬양을 하는데 그 가운데 기름부음이 느껴지네요. 아마도 저 아이는 하나님이 쓰시려고 작정을 하신 특별한 아이가 아닌가 싶네요. 하나님이 선택한 아이니 언젠가 하나님의 때에 귀하게 사용하실 것 같아요."

나는 이 말을 듣고도 한 귀로 듣고 다른 귀로 흘려버렸다.

아주 오래전의 일이다. LA 슈라인 오디토리움(Shrine Auditorium) 공연장에서 이문세씨 등 당대 한국의 최정상 가수들이 초청되어 공연할 때 나도 그 무대에서 함께 노래하고 연주를 했다. 대규모 공연으로 대략 8000여명이 넘는 청중들로 공연장이 꽉 찼었는데 그중에 큰형도 와 있었다. 내 순서가 되었고 나의 혼신을 다한 연주는 많은 사람들로부터 갈채와 큰 박수를 받았다. 내가 TV를 출연하는 가수는 아니었지만 나의 음악을 사랑해 주는 꽤 많은 미국의 로컬 팬(Local fan)을 가지고 있는 뮤지션이었다.

공연을 다 마친 후 큰형이 와서 내게 한 마디를 전해 주었다.

"나는 네가 무대 위로 등장할 때 조금 더 당당했으면 싶다."

형이 건네준 짧지만 강렬한 말은 나에게 큰 깨달음을 주었다.

나도 모르게 그때까지도 나는 나의 장애를 부끄럽게 생각했던 모양이다. 형의 눈에 그렇게 비춰졌으니. 형의 진심어린 그 말을 받아들이기에 그리 유쾌하지는 않았지만 형이 맞는 말을 한 것이다.

'그렇구나, 내가 나를 사랑하지 않았구나.'

그 이후로도 내가 나를 사랑하기까지 꽤 많은 시간이 걸렸다. 내게 주어진 음악적 달란트를 아끼고 사랑하는 것처럼 내가 가진 장애까지도 사랑해 주어야 하는 것이 맞는데. 나의 장애를 떳떳하게 세상에 내어 놓는 용기가 얼마나 아름다운 일인가를 나는 그렇게 날마다 조금씩 배워 나갔다.

두려움, 가장 무서웠던 기억

∴
∴
∴

내 나이 8살 때의 일로 기억한다. 오랜 세월이 지났어도 그 때의 경험은 바로 어제 일처럼 생생하다. 전주에 있는 예수병원에서 수술을 받기 위해 입원을 하게 되었다. 나는 매일 엉덩이 주사를 두 대 맞아야 했는데, 그중에서도 페니실린 항생제 주사는 8살의 어린아이가 견디기에 너무 아팠다. 주사 때문에 엉덩이는 온통 피멍이 들었고 한쪽 엉덩이는 마비가 된 것처럼 감각이 없을 정도였다. 얼마나 그 주사를 맞는 것이 싫었던지 주사를 놓는 간호사 누나 얼굴을 도화지에 그려서 뾰족한 연필심으로 마구 찍어 내렸던 기억이 있다.

수술하던 그 날은 내 생애 가장 두렵고 무서웠던 날이었다. 간호

사들이 새벽부터 들어와 이상하게 생긴 주사 바늘을 내 발바닥에
계속 꽂았다. 그리고는 한참 후에 전담 간호사가 내게 와서 물었다.

"너 들것에 실려서 엘리베이터 타고 올라갈래? 아니면 엄마 등에
업혀서 갈래?"

간호사의 이 말이 나는 너무나도 무서웠다. 계속 울고만 있던 나
를 엄마는 등에 업고 조용히 계단을 올랐다. 오르고 쉬고를 반복하
며 그 높은 수술실이 있는 층까지 엄마는 말없이 걸어 올라가셨다.
엄마의 등 위에 업힌 나는 울음을 그치고 안정을 찾을 수 있었다. 나
를 업고 계단을 오르던 어머니의 그 거친 숨소리를 생생하게 느끼
며 기억한다. 어머니는 유리창 밖으로 그 날 나의 수술광경을 처음
부터 끝까지 다 보고 계셨다고 한다.

'얼마나 가슴 아프셨을까? 얼마나 우셨을까?'

나는 내 딸 예원이 감기에도 어쩔 줄을 몰라 하는 아빠인데, 예원
이 자는 모습만 바라보고 있어도 괜스레 미안하고 가슴이 찡한
데……. 그 어린 아이의 발을 째고 수술하는 모습을 바라보는 엄마
의 마음을 어땠을까?

힘든 수술을 마치고 정신이 조금씩 돌아온 나는 몸을 일으키려
고 애를 썼지만 마취가 깨지를 않아 몸을 움직일 수가 없었다. 천장
에 보이는 이상한 기계들이 너무 무서워서 울기 시작했는데 간호사

누나는 나를 안정시켜 주지는 못할망정 오히려 겁을 주었다.

"너 계속 울면 엄마 안 오셔."

이 말에 곧바로 나는 울음을 뚝 그친 생각이 난다.

"그렇다! 내 엄마"

어린 내가 두려움을 이겨낼 수 있었던 것이 바로 엄마의 존재였다.

퇴원을 하고 집에서 회복을 하고 있었다. 고모가 아픈 나를 보려고 집에 와 계셨다. 내가 찾는 물건이 조금 높은 곳에 있어서 몸을 일으켜 그것을 꺼내려다 그만 넘어지고 말았다. 때마침 고모가 내 곁에 있었는데 내가 넘어진 것을 보시고 한 말씀 하셨는데 그 말이 내게는 큰 상처로 남았다.

"아휴…. 다리도 성치 않은 아이가 왜 그렇게 극성이니?"

물론 어린 조카가 넘어진 것을 보고 걱정스러운 마음에 그렇게 말씀 하셨을 것이다. 그러나 나는 그 말을 듣고서 평생 고모랑 말 안 할 거라고 다짐했고 정말 그 이후로 큰 고모와는 말을 하지 않았다.

고아원에서의 추억, 강해지고 싶었던 나

아버지께서 고아원 원장으로 사역을 시작하시면서 우리 가족은 상암동으로 이사를 가게 되었다. 그 시절 상암동은 수색에서 작은 굴다리를 지나야만 갈 수 있을 정도로 아주 시골이었다. 지금의 고층 아파트로 빽빽한 상암동과는 천지차이로 다르지만, 수십 년 전에 그곳에는 미나리 밭과 허름한 집들뿐이었다. 나는 원치 않게 고아원 원생들과 형제가 되었다. 낯선 환경 속에서 여러 명의 형제들과 많이 부딪히고 싸우면서 스스로 생존해야 하는 수업을 톡톡히 받았다.

고아원에서 고아들과 더불어 살면서 나는 강한 힘을 가진 사람이 약자를 지배한다는 것을 어린나이에 그 공동체를 통해 배웠다. 그곳에서는 물불을 가리지 않는 강한 형제들이 많았다. 자기편이 되어줄 가족이 없는 '혼자'라는 생각이 그들을 더욱 강하게 만들었던 것 같다. 형들이 동굴에 들어가 담배를 피우면 호기심에 따라 들어가 나도 질세라 피워보지도 않은 담배를 입에 물곤 했다. 한번은 담배 한 갑을 다 피우고 어지러워 기절한 적도 있다. 그곳에서도 여전히 나는 지는 것이 싫었다. 고아원 형들과 늘 어울려 다니면서 원외의 사람들과 자주 싸움을 하게 되었다. 우리 고아원의 한 형제가 무슨 일을 당하면 정말 모두 우르르 몰려가서 떼거지로 싸우는 것이 우리 나름의 싸움방식이었다. 오죽했으면 동네 불량배들조차도 우리와의 마찰을 피해갈 정도로 아주 거칠고 강했다. 내가 원장의 아들이라 그랬는지는 모르지만 나는 형들로부터 늘 보호를 받았다. 이들과 함께 살면서 나는 늘 마음속으로 이렇게 다짐했다.

'지고 싶지 않다. 난 이기고 싶어. 난 절대로 억울한 일 당하지 않을 거야. 맞지 않을 거야!'

어느 무더운 여름 날, 한 형이 뒷산에서 뱀에 물렸는데 사감 선생님께 혼이 날까봐 들키지 않으려고 꼬박 하루를 숨겼다. 그런데 다음 날 그 형의 팔이 퉁퉁 부어서 급히 병원에 갔지만 결국 팔을 잘라내야 하는 일이 있었다.

또 다른 끔찍한 사건은 고아원 바로 앞 샛강에서 물놀이를 하다가 빠진 형제를 찾기 위해 여러 명의 형들이 물속으로 들어가 발로 죽은 시체를 꺼내 올리는 것도 목격했다. 평범한 초등학생이라면 경험할 수 없는 또 다른 일들을 그곳에서 많이 보게 되었다. 그래서 일까? 나는 더 강한척하게 되었고 실제로 그곳에서 나는 강해졌다.

물론 안 좋은 기억만 있었던 것은 아니다. 참 즐겁고 좋았던 기억도 많이 있다. 그곳 형제들의 자랑거리중 하나는 '브라스 밴드'였다. 정말 누구도 따라갈 수 없는 환상적인 앙상블을 자랑하는 브라스 밴드는 언제나 우리 고아원의 자랑거리였다. 밴드 멤버 대부분은 10대들이었다. 강당에서 밴드 연습하는 소리가 들려올 때면 나는 항상 흥분이 되었다. 멀리서부터 들려오는 힘찬 브라스 밴드 합주는 정말 나의 음악적 감성을 최고조로 끌어올렸다. 세월이 흘러 그 멤버들 중에 몇 명은 대한민국 최고의 트럼펫 연주자로 성장했다. 크리스마스 시즌이 되면 나도 그 강당에서 한껏 나의 연주 기량을 뽐낼 수 있었다.

서로 강자가 되려고 싸우기도 많이 했지만, 매해 성탄절이 다가오면 언제 싸웠냐는듯 모두 한 마음이 되어 음악연주를 하면서 기쁘고 행복한 성탄축제를 맞이했다.

나의 오랜 상처... 너는 다 좋은데,
다리 저는 게 좀 아쉽다

어제 일처럼 생생하게 떠오르는 기억이 있다. 초등학교 3학년 때의 일이다. 내가 참 좋아했던 친구가 있었다. 얼굴도 예쁘고 공부도 잘 하고 마음씨도 착한 그 아이는 우리 반의 부반장이었다. 그 친구와 나는 피아노도 같이 배우고 늘 서로의 집을 왕래하며 숙제도 같이 했던 단짝 같은 친구였다. 그 친구는 나의 자유로운 피아노 연주와 활발한 성격을 늘 칭찬해 주었다.

어느 날 5학년 상급생 형이 그 친구를 괴롭히는 것을 보고 너무 화가 나서 그 형과 결투를 하게 되었다. 있는 힘을 다해 덩치가 큰 형을 제압하고 승리의 기쁨을 친구 앞에서 마음껏 뽐내려던 순간, '아!' 하는 주위의 소리에 뒤돌아보니 내 눈에서 번쩍하는 불이 보였다. 곧바로 나는 그 자리에 털썩 주저앉아 버렸다. 이마 위로 뭔가 따듯한 것이 흘러내리는 것 같았다. 비겁하게도 그 형이 뒤돌아서 가는 나에게 주먹 크기의 돌을 던져서 내 눈썹 부위가 찢어졌다. 찢어진 상처에서 피가 흘러내려 겁은 좀 났지만 겉으로는 아무렇지 않은 척, 센 척을 했다. 찢어진 부위를 수건으로 지혈을 하고 바로 병원으로 가서 다섯 바늘이나 꿰매어야 했다. 나의 소중한 친구가 괴롭힘을 당하는 것 보다 차라리 내가 아픈 것이 더 낫다고 여길 정도로 그 친구는 내게 큰 의미가 있는 친구였다.

그러던 어느 날, 그 친구가 무심코 던진 한 마디가 내 평생에 잊지 못할 큰 상처가 되었고 오랫동안 깊은 '화(anger)'로 남게 되었다.

  "너는 피아노도 잘 치고, 유머도 있고, 용감하고 정말 모든 게 다 좋은데, 다리를 저는 게 너무 아쉽다……."

  하늘이 무너지는 것 같았다.

  어린나이였지만 그 말을 들은 나는 절망이라는 느낌이 무엇인지를 알게 되었다.

  '내가 잘 할 수 있는 게 아니잖아.

  이건 내가 어떻게 바꾸어 볼 수 있는 게 아니잖아!

  내가 잘못한 것도 아닌데….

  왜 고스란히 내가 이런 고통을 떠안아야 하는 거야?'

꩜

모든 사람들이 나를 그렇게 생각하고 있을 것이라는 생각에 더 견디기가 어려웠다. 그 때 내 나이 겨우 10살, 삶을 견뎌내야 하는 것을 알기에는 아직 이른 나이였다. 모든 사람들로부터 소외된 것 같은 생각이 들어서 정말 고통스러웠다. 그 시간 이후로 나는 사람들의 눈치를 보기 시작했고 육체가 건강한 사람들을 보면 알 수 없는 증오감 같은 감정이 내 안에서 일어났다. 무심코 던졌을 그 친구의 말 한 마디가 내게는 아주 오랫동안 큰 상처로 남게 되었고 나의 이유 없는 방황에 작은 한 몫을 한 것 같다.

자유를 갈망하는 내 영혼

어렸을 때부터 나는 유난히도 피아노에 재능을 보였다. 흥겹게 피아노 치며 노래하기를 좋아해서 겉으로 보기에는 즐겁고 유쾌한 아이였다. 그래서인지 가는 곳 마다 사람들의 주목을 받았고 사랑을 많이 받았다. '내가 절대음감을 타고나서일까?' 모든 음악이 참 쉽게 느껴졌고 음을 듣고 바로 연주하는 데 별 어려움이 없었다. 내가 피아노를 배우던 그 시절에는 어린아이가 베토벤이나 모차르트의 곡을 코드(Chord)로 풀어낸다는 것은 그리 흔한 일은 아니었다. 나는 클래식 피아노 수업에는 큰 관심은 없었고 들리는 대로 마음이 가는 대로 연주하기를 좋아했다.

피아노 학원에서도 내가 늘 관심의 대상이었고 화자의 중심에 있었다. 기존의 곡에 채색 옷을 입히는 것 같은 연주에 모두가 칭찬을 아끼지 않았다. 피아노 학원에서 수업을 마치고 집에 돌아오면 방으로 들어가 나만의 연주를 즐기곤 했다. 그 시절 유행하던 팝송, 재즈, 다양한 대중음악을 귀로 듣고 내 마음껏 자유롭게 연주하는 것이 너무 즐거웠다. 남이 만들어 놓은 악보를 계속 반복해서 연습하고 또 연습해야 하는 클래식 곡이 나는 손가락 연습만 하는 것 같아서 너무 재미가 없었다. 사물을 보고 내 마음이 움직이는 대로 변화를 주어 생동감 있게 연주하는 것이 참된 음악이라고 어릴 때부터 나는 그렇게 알고 있었다.

그러나 이런 나의 모습을 제일 못마땅하게 생각한 사람이 바로 목사님이신 아버지셨다. 아버지는 나와는 완전히 반대되는 정도를 걸어가시는 분이셨다. 평생을 교과서 같은 삶을 사셨다. 그런 아버지에게 음악이란 찬송가와 성가곡 그리고 클래식 음악이 전부였다. 우리 집에 손님이 오실 때마다 나의 연주는 자랑거리였다. 손님들을 위해 쇼팽, 베토벤 곡을 멋지게 연주하면 아버지는 나를 자랑스러워하시며 흐뭇해 하셨다. 연주곡목은 언제나 나의 선택이 아닌 아버지가 요청하시는 클래식 곡이나 찬송 곡이어야 했다.

초등학교 4학년 때의 일로 기억한다. 내가 피아노 대회를 나가기만 하면 최고상을 받을 때였다. 어느 날 피아노 원장 선생님이 어머니께 연락을 하셔서 나의 미래에 대해 진지하게 얘기를 하셨다고 한다.

'어머니, 준성이를 얼른 대학교수한테 데려가서 레슨을 받게 해보세요. 아무래도 얘는 국내에서 가르칠 아이는 아닌 것 같아요.'

어머니는 이 얘기를 듣고 여기저기 수소문을 해서 나를 잘 가르쳐 줄 수 있는 교수님을 찾던 중이었다. 때마침 아버지의 친구 분이 미국 LA에서 대학교수로 계셨는데 그 분이 생각이 나셔서 아버지가 연락을 드렸다. 그분은 나의 음악적 재능을 일찍이 알고 계셨던 터라 부모님의 얘기를 들으시고 내가 피아니스트로 성장할 수 있는 좋은 음악학교에서 배울 수 있도록 돕고 부모역할까지 해주겠노라 약속하셨다. 아버지 친구 분은 내가 아주 어릴 때부터 봐 온 분이셨기에 내가 자동차에 관심이 많은 것을 알고 계셨다. 미국에서 새로 나오는 모든 차종의 사진과 정보를 매월 보내줄 정도로 나에게 애정과 관심을 갖고 계셨다.

부모님은 장애에 편견이 없는 미국에서 내가 음악을 전공해서 훌륭한 클래식 연주자로 성장하기를 바라는 마음이셨을 것이다. 아버지는 나를 미국으로 보내기 위해 필요한 모든 서류들을 잘 준비해 두셨다. 드디어 비자가 나왔고 이제 항공권만 구입하면 미국으로 가는 일만 남았다. 비자를 손에 들고 어머니께서 진지하게 내게 질문하셨다.

"엄마랑 떨어져서 잘 살 수 있겠니?"

나는 이 말을 듣자마자 바로 울음이 터져 나왔고 그냥 엄마 품에

안겨서 울었다. 엄마는 나를 꼭 끌어안으시고는 같이 우셨다.

"엄마도 너를 혼자 못 보내겠다."

나는 가끔 이런 생각을 해 볼 때가 있다.

'그때 미국으로 가서 클래식 음악을 공부했다면 내 인생은 어떻게 되었을까?'

'멋진 클래식 연주자가 되어 있을까?'

····················· 2부 ·····················

이민자의 삶

하루하루를 걱정하며 가난하게 살아야 하는 우리
가족의 모습이 나는 너무 싫었다.
'이렇게 구차하게 살 거였으면 뭣 하러 미국까지 와
서 이런 고생을 해?'

내 친구들은 용돈을 받아서 자신들이 가지고 싶은
것들을 자유롭게 구입했다.
그러나 정작 내 손에는 단 몇 달러의 자유도 없었다.
그 현실이 너무 싫었다.

「부러움은 욕심으로」 중에서

이민자의 고된 삶

:
:
:
:

　이민 와서 초창기 때는 우리 가족 모두에게 정말 힘겨운 시간이었다. 외동딸로 비교적 여유 있는 군인가정에서 자란 어머니 역시 '내가 왜 이런 삶을 살아야 하나' 불편한 마음을 가지셨다. 이방인으로서 언어 소통의 불편함이 가장 힘들었고 문화적 차이로 인한 뜻하지 않게 발생하는 오해의 상황들, 이 모든 것이 얽히고설키어 마음이 늘 불안하고 불편했다.

　우리 가족은 저소득층 멕시칸들과 흑인들이 모여 사는 지역의 허름한 아파트에 살기 시작했다. 총기 소지가 합법화 된 곳이어서 자고 일어나면 누군가 총에 맞아 죽었다는 뉴스와 기사를 보고 듣는 것이 일상이 되어버렸다. 나에게는 월남 친구들과 중국 친구들이 많았다.

당시 중국과 월남에서 온 친구들은 한국 사람들에게 제법 공포스러운 존재들이었다. 특히 전쟁 속에서 살아나온 월남 친구들은 생각 없이 총기를 휘두르는 겁 없는 친구들이었다. 게다가 잔인하기까지 해서 그들은 미국 전 지역에서 정말로 많은 문제를 일으켰다. 월남 친구들이 나에게 화염병이나 등록되지 않은 총기를 주었고 나는 그것들을 언젠가 사용할 목적으로 차곡차곡 모아 두었다.

그 시절에는 많은 사람들이 총기사고로 목숨을 잃었는데 한국 사람도 예외는 아니었다. 흑인들이 주로 거주하고 있는 지역에서 장사를 하던 어른들이 죽어나가던 것을 보았다. 평소 알고 지내던 태권도 사범, 편의점 주인, 주유소 직원 등 하루에도 몇 명씩 총에 맞아 죽는 사고가 빈번했다. 어제 인사하고 지냈던 사람이 총에 맞아 죽었다는 소식을 들을 때면 나도 언젠가 저 사람들처럼 총에 맞아 죽을 수 있겠구나 생각했다. 가끔씩 막연한 죽음의 공포와 두려움이 나를 엄습해 왔다. 그래서인지 '내가 나를 지켜야한다'는 강박적 방어의식이 더욱 커져서 조금이라도 불안한 상황이 일어날 것 같으면 내가 먼저 총기를 꺼내어 폭력으로 제압하려고 했다. 그것이 나를 지키는 유일한 방법이자 내가 더 강해지는 것이라 생각했다.

식당에서 백인이 나를 쳐다만 봐도 'What?!' 하면서 다가가 폭행을 가했다. 초창기에는 나를 지키고 싶은 마음에 충돌을 일삼았지만 나의 일탈 행동들은 점점 대담해지고 잔인해져 갔다. 그러한 데

다가 여러 범죄를 저지르기에 이르렀다. 실제로 나는 총기 사용과 연류된 사건들이 가장 많았는데 내가 겪은 사연들을 이 지면에 공개하기가 어려울 만큼 끔찍한 사건 사고들이었다. 죽을 고비가 많았던 시기도 바로 이 때였다. 앞뒤를 생각하지 않고 혈기 왕성했던 시절의 나는 정말 한치 앞을 예측할 수 없는 불안한 존재였다. 어디를 가든지 꼭 무기를 소지하고 다녔다.

남을 해하기 위해서가 아니라 그 무기가 나를 지켜줄 것이라 생각했기 때문이다. 그때는 사람들이 나와 눈을 마주치기 어려울 정도로 내 눈에는 독기가 가득했었다. 언제나 말 보다 손이 나가거나 총을 들이대었다. 누군가 나를 건드리면 같이 죽자는 식으로 달려들었다. 머리가 돌아버리면 막무가내로 급발진 하는 나를 말릴 사람이 하나도 없었다.

'여기 미국에서 찌질 하게 눈치나 보며 사느니 차라리 폼 나게 살다가 쿨 하게 죽는 거야! 백인이든 흑인이든 누구든지 나를 무시하는 존재들을 밟아 버리면 되는 거야!'

나 자신이 독해지고 강해지는 것이 나를 지키는 방법인줄 알았다. 내가 곤경에 처하면 대신 싸워 줄 친구들, 함께 주먹질하고 총질해 줄 친구들이 곁에 있으면 든든하다는 생각에 함께 어울리다 보니 어느새 내 모습은 점차 그들의 험악한 모습과 닮아가고 있었다. 미국 이민자로 제대로 적응하지 못한 가슴 아픈 사연의 주인공, 내 이야기이다. 그때는 모든 이민자들의 삶이 척박했고 어려운 시절이었다. 나 혼자만 힘들고 어려웠던 것은 아니었을텐데, 왜 그렇게도 나 혼자 아픈 시간을 많이 보내야 했는지 모르겠다.

미국 적응기

⋮

이민 초기에 정말 웃지 못 할 슬픈 에피소드가 참 많다. 큰형은 한국에서 홍대 미대를 졸업한 재원이다. 우리가 살던 곳에도 홍대 미대를 졸업한 동문들이 꽤 많았는데 대부분 미대 출신들은 이민 초창기에 열의 아홉은 간판가게(Sign Business)를 운영했다. 한 번은 큰형 학교 선배가 운영하는 간판가게를 찾아간 적이 있다. 그분은 반갑게 우리를 맞아주시고는 점심식사를 하고 가라면서 우리에게 캔 음식을 내어 놓았다.

"이것 좀 봐, 미국에서는 보신탕을 아예 이렇게 통조림으로 만들어서 팔더라."

그가 우리에게 먹으라고 내어놓은 점심식사는 겉면에 개 그림이 그려져 있는 '통조림'이었다. 당시 우리나라 정서로는 개가 먹는 통조림이라고는 상상조차 못했던 시절이었다. 물론 선배님이 처음 이민 온 우리를 놀리려고 장난을 쳤다는 것을 금새 알아채고는 한참을 웃었지만, 속으로는 씁쓸한 심정을 감출 수 없었다.

'개도 이렇게 영양 풍부한 통조림을 먹는구나!'

어느 날 길을 걸어가는데 한 백인 아이가 내 곁으로 다가와서는 자신의 금발머리를 손으로 만지작거리면서 으스대더니 곧 자신의 두 눈 끝을 검지로 쭉 당기며 찢어진 눈을 만드는 것이었다. 나에게 보란 듯이 나의 작은 눈을 멸시하며 서슴지 않고 소리쳤다.

"Go back to where you belong! 네 나라로 돌아가!"

정말 그 순간 나는 그 아이를 죽여 버리고 싶은 심정이었다. 마음 같아서는 그 아이의 얼굴을 뭉개버리고 싶었다. 그의 잘난 금발머리카락을 다 불태워버리고 싶을 만큼 화가 났다. 나에게 이런 일들이 심심찮게 있었다. 물론 친절하고 상냥한 미국인들도 많이 있긴 하지만 유난히도 인종 차별을 하는 백인들도 있었기에 마음이 상한 적이 무척 많았다.

눈물의 LA갈비

．
．
．
．
．
．

　가족들이 먹고 살기 위해서는 모두들 돈을 벌어야 했다. 어머니는 봉제공장에서 종일 바느질하는 일을 하셨다. 아침이면 식구들 모두 각자 일을 하러 나간다. 막둥이인 나만 덩그러니 집에 혼자 남아서 배가 고프면 냉장고를 뒤적거리며 알아서 꺼내 먹어야 했다. 웬일인지 그날은 귀한 LA갈비 몇 쪽이 눈에 띄었다. 너무 먹고 싶어 군침이 돌았다. 그날은 왜 그런지 모르게 힘들게 일하는 엄마가 생각이 나서 엄마에게 맛있는 갈비 요리를 해 드리고 싶었다. 사실 우리집 형편에 LA갈비는 자주 맛볼 수 없는 고급 음식이었다. 한 번도 요리를 해 본적이 없었지만 마음과 손길이 가는대로 양념을 넣어서 조물조물 만들었다. 너무 배가 고파서 아주 조금 맛을 보았는데 정말 야들야들 그렇게 맛있을 수가 없었다. 더 먹고 싶었지만 몇 조각 밖에 없었기에 엄마를 위해 남겨 두었다.

일을 마치고 피곤한 몸으로 들어온 엄마에게 직접 구운 갈비를
차려드렸다.

"엄마, 제가 엄마를 위해 저녁식사를 준비했어요."

"이게 웬 갈비니?"

"내가 엄마를 위해 특별히 요리했어요."

"세상에, 이렇게 맛있을 수가, 양념을 어쩜 이렇게도 맛있게 했
니?"

그때 나는 엄마의 눈이 촉촉해지는 것을 보았다. 엄마의 눈물을
보며 나는 마음으로 울었다. 그때는 그랬다. 모든 상황이 어려웠고
가족 모두가 힘이 들었던 그런 때였다. 우리뿐만 아니라 다른 이민
온 사람들도 건물 청소, 고층 건물 유리 청소, 세탁소, 한인 마트, 보
따리 장사(Flea Market) 등 먹고 살기 위해서는 무슨 일이라도 닥치는
대로 해야 살 수 있는 그런 시절이었다. 물론 그렇게 어려운 중에도
열심히 공부하고 노력해서 성공한 자녀들도 많이 있다. 나도 그들
중 한 사람이었으면 어땠을까 하는 아쉬움은 지금도 갖고 있다.

그러나 나는 그들과는 달리 실패의 삶을 살았다. 나 자신을 향한
실망감이 나를 더 포기하게 했고 더 깊은 나락으로 빠지게 되었다.

A Reversed Life

치열한 생존의 현장

.
.
.
.
.

    우리나라의 문화와는 너무 다른 미국이란 나라에 이민 와서 우리 가족은 각자 생활전선에 뛰어들어 아침부터 밤까지 쉴 새 없이 일하며 살아야 했다. 언어도, 문화도 모든 것이 낯선 이방인의 나라에서 적응하며 사는 것이 결코 쉬운 일이 아니었다. 무엇보다 하루하루를 걱정하며 가난하게 살아야 하는 우리 가족의 모습이 나는 너무 싫었다. 남이 버린 가구나 가전제품을 가져와서 우리 집 살림의 구색을 맞추는 것도 구질구질하게 보여서 정말 싫었다.

    '이렇게 구차하게 살 거였으면 뭣 하러 미국까지 와서 이런 고생을 해?'

이민 와서 며칠 지나지 않아 운전이 서툰 아버지의 후진을 봐 드리다가 아버지 차와 뒤에 주차 되어 있던 차 사이에 내 몸이 끼는 사고가 났다. 순간 나는 뼈가 으스러지는 고통을 느꼈다. 아파트 이층에서 이 광경을 내려다보던 어머니는 놀란 마음에 맨발로 뛰어 내려왔고 나를 데리고 급히 병원으로 갔다. 그러나 그때 당시 우리는 의료보험이 없어서 병원에서 치료를 받을 수 없다는 얘기를 듣고는 하는 수 없이 한인이 운영하는 한의원으로 차를 돌렸다. 다행이 뼈가 부러진 곳은 없었다. 불행 중 다행으로 한의원에서 침을 맞고 안정을 취한 후에 집으로 돌아왔다.

그러나 시간이 갈수록 두 다리가 엄청나게 부어오르고 통증은 더욱 심해졌다. 진통제 여러 알을 먹고 나서야 겨우 잠을 잘 수 있었다. 얼마나 잤을까? 잠결에 눈을 떠 보니 아버지와 어머니가 곁에서 기도를 하고 계셨다. 그렇게 두 분은 밤을 꼬박 새워 기도를 하셨다. 나는 또 잠이 들었고 한참을 자고 일어나니 허기가 졌다.

"엄마, 배고파요"

"어 그래, 엄마가 얼른 밥 차려올게"

내가 배고프다는 말에 엄마는 안도의 한숨을 쉬시면서 얼른 주방으로 가서서 내가 가장 좋아하는 반찬으로 밥을 차려주셨다. 밥이 얼마나 맛있던지 나는 단숨에 밥 한 공기를 다 먹고 한 공기를 더 먹었다. 밥 먹는 내내 말없이 나를 바라보시던 부모님의 표정에서 미소를 읽을 수 있었다.

만약 그 날의 사고로 나의 건강한 다리마저 못쓰게 되었다면 부모님의 심정은 어떠했을까? 생각만 해도 끔찍하다. 내 다리의 부기가 며칠이 안 되서 금세 다 빠지고 회복된 것은 분명 엄마 아빠의 간절한 기도 때문이었다고 믿는다. 이민 초창기의 삶이 다 그랬듯이 작은 일 하나에도 온 가족은 예민했다. 아프지 않아야 하고 어려운 일을 당하지 말기를 바라며 하루하루를 긴장 속에서 살았다.

　미국에서의 생활은 그야말로 산 넘어 산이었다. 큰형은 홍대를 우수한 성적으로 졸업한 재원이었지만, 그 재능을 펼치지 못한 채 간판장이로 일해야 했고 둘째 형은 미주 전역을 다니며 보따리 장사를 해야 했다. 한번은 형을 따라 뉴올리언스로 보따리 장사를 하러 떠났다. 장장 10시간을 넘게 운전을 해서 도착한 뉴올리언스, 피곤한 몸을 뒤로 하고 차에서 물건을 모두 깨내어 바닥에 진열하기를 두어 시간, 이제 막 장사를 시작하려는데 갑자기 하늘이 어두워지면서 소나기가 퍼 붓기 시작했다. 정신없이 물건을 다시 거둬들이는 형의 슬픈 뒷모습을 아직도 잊을 수가 없다. 형이 너무 불쌍해서 나는 울었다. 우리의 모습이 너무 서러워서 울었다. 쏟아지는 비 때문에 나의 흐르는 눈물을 형은 보지 못했을 것이다. 내 마음에서 솟구치는 울분은 쏟아지는 소나기 보다 더 강한 폭포수처럼 흘러나왔다. 나는 너무나 화가 났고 세상이 참으로 원망스러웠다. 알 수 없는 분노가 치밀었다. 인생의 쓴맛을 보았다.

부러움은 욕심으로

하루는 친구 집에 놀러 갔는데 창고에 가득 쌓여있는 콜라 캔 박스를 보고 그렇게 부러울 수가 없었다. 식탁에 놓여 있던 맛있는 빵과 과일, 냉장고에는 온갖 음료와 식재료가 풍부하게 채워져 있는 것을 보고 너무나도 부러웠다.

내 친구들은 용돈을 받았고 자신들이 가지고 싶은 것들을 자유롭게 구입했다. 그러나 정작 내 손에는 단 몇 달러의 자유도 없었다. 그 현실이 너무 싫었다. 자동차를 가진 친구들과 어울리게 되면서 나의 관심은 집 밖으로 향하게 되었다. 처음엔 동네 꼬마들 수준으로 어울려 돌아다니던 것이 점점 동네 깡패 수준의 험한 길로 들어서게 되었다. 싸움의 수위도 높아지고 배짱이 두둑해지면서 점점 험악한 일들을 하게 되었다. 우리끼리는 죄책감이라는 것이 없었다. 그저 우리 기분에 맞으면 "Do it! 해 보자구!" 앞뒤 생각 없이 그냥 하는 것이다. 그런데 밖에서는 그렇게 지내다가도 집에 들어가면 가족들에게 전혀 내색을 하지 않았다. 그러니 부모님과 함께 살던 시절 가족들은 내가 밖에서 사고치고 다니는 것을 알지 못했다.

술집에서 연주하며 용돈을 벌기 시작하면서 고삐는 점차 풀리기 시작했다. 내 연주를 들은 많은 사람들이 나의 음악 실력이 클럽에서 연주하기에는 너무 아까운 실력이라고 내게 말해 주었다. 이후로 나는 다양한 행사와 콘서트에서 게스트로 초청을 받게 되면서 활동무대가 확장되었다. 미군부대가 있는 지역의 행사에도 초청을 받아 자주 공연하러 다니게 되면서 비교적 빠른 시일 내에 적지 않은 돈을 벌 수 있었다. 나는 돈이 필요했다. 좋은 차도 사고 싶었고, 맛있는 음식도 마음껏 먹고 싶었다. 한 친구가 나에게 해 준 말이 기억난다.

"너는 음악을 연주 할 때는 천사 모습인데, 성질이 나면 악마 같아."

도망갈 수도 없는 나

⋮

내가 철이 들기 시작할 때부터의 고민은 '어떻게 하면 내가 싸움에서 이길 수 있을까?' 였다. 혼자 책도 읽고 영화도 보면서 연구도 참 많이 했다. 어릴 때부터 학교에서 누가 날 괴롭히면 가방에 있던 책이랑 학용품을 다 빼고 주방에서 흉기를 챙겨 넣고 복수할 시간만 노렸다.

미국에 오자마자 학교에 들어가니 영어도 안 되고, 친구들한테 놀림을 받게 되면서 나는 더욱 거칠어졌다. 집에서 엄마 아버지를 보면서 '내가 이렇게 살면 안 되는데……' 혼자 갈등도 많이 했고 힘들었고 몇 번의 자살 시도도 했었다. 그렇지만 모든 게 내 뜻대로 되지를 않았다. 늘 나는 제자리로 돌아왔다.

사람들은 나를 보며 "목사 아들이 왜 저 모양이야?" 수군거렸고 나는 이런 소리 듣는 것이 제일 싫었다. '아빠가 목사지, 내가 목사냐?' 나는 교인도 싫고 아버지도 미웠다. 신실하고 단정하고 책임감 있는 강한 아버지의 모습이 싫었다. 그래서 일부러 나쁜 친구들과 어울리며 총을 쏘거나 칼을 가지고 다니며 겉으로 강한 척 하며 지냈다. 나를 보호한다는 명목으로 어디를 가든 총을 가지고 다녔다. 고속도로를 운전하다가도 나를 쳐다보는 사람이 있거나 내 운전을 방해하는 것 같으면 보란 듯이 총구를 내 머리에 대고 상대 운전자를 겁박했다.

한 번은 클럽에서 큰 싸움이 일어나서 내가 싸움을 멈추려고 벽에다가 총을 쐈다. 순간 총 소리를 들은 사람들은 모두 겁에 질려 바닥에 납작 엎드렸는데 때마침 화장실에 다녀오던 싸움과 아무 관계없는 사람 쪽으로 총알이 날아가 자칫 그 사람이 죽을 수도 있었다. 정말 다행히도 총알이 그 사람 얼굴을 간발의 차이로 비껴 나가서 생명을 건졌다. 이 사건이 있은 후 나는 싸움이나 난동, 소동이 생기면 바로 총부터 빼어들어 상대방을 위협하는 총잡이로 꽤 유명세를 탔다. 내가 총을 갖고 있으면 상대가 누구든 겁이 나지를 않았다. 미국에서 "45 가라데" 이런 유명한 말이 있다. 즉 45구경 권총의 위력을 미국에서 무술로 표현한 말이다. 나는 싸움도 잘 못하는데 싸움의 한복판에 있기도 했고 진짜 죽을 수 있었던 순간도 여러 번 있었다. 그럼에도 죽지 않고 살았다는 것이 살 떨릴 만큼 놀라울 따름이다.

일반적으로 사람들은 갑작스러운 상황을 마주하게 되면 본능적으로 살기위해 도망친다. 그런데 나는 걸음이 느려서 어찌할 도리가 없다. 여러 명이 어울리다 순식간에 피 터지는 싸움판이 벌어지면 다들 걸음아 날 살려라 하고 무작정 뛰어 도망을 가지만, 나는 도망가면 붙잡힐 것이 뻔했기에 그 현장에서 승부를 보아야만 했다. 나는 앞뒤를 재지 않고 정면 돌파로 강하게 맞선다. 죽음도 불사하는 심정으로 죽기 살기로 달려 든다. 이런 나의 모습을 보고 '담이 큰 사람' 또는 '겁이 없는 사람'으로 생각하는 사람들이 생겼다. 그들은 나의 깡다구 있는 모습을 보고는 이후로 나를 'Tough Guy(거친 사내)'로 부르기 시작했다.

솔직히 매 맞아서 아픈 것 보다 가족들이 나를 나쁜 사람으로 여길까봐 그것이 더 두려웠다.

'그래도 내가 목사 아들인데 이래도 되나?

우리 가족 중에는 나 같이 나쁜 짓 하는 사람은 없는데'

내 마음 한구석에는 아주 조금이나마 양심은 있었던 것 같다.

사실 나는 눈물도 많고 감성도 풍부한 아이였다. 길을 가다가 배고픈 강아지를 보면 데려와서 밥을 먹여 줄 만큼 인정도 많았다.

그런데 '왜 내가 그리 험한 인생을 살았을까?'

언젠가 엄마는 내게 이런 말씀을 해 주셨다.

"엄마는 네가 장애를 갖고 있다고 주눅 들지 않고 사람들이 놀리는 것 때문에 힘들어 하지 않고 오히려 당당하게 밖에 나가서 애들을 야단치고 골목대장 하는 모습을 보고 참 감사했단다"

엄마의 말을 듣고 혼자 마음으로 아팠다. 사실은 그게 아니라 겉으로만 센 척, 강한 척, 아무렇지도 않은 척 했는데… 세상에 태어나서 처음 고백하는 말이다. 내 기억으로 예닐곱 살 때쯤 내 모습에 대해 진지하게 고민했던 것 같다.

'왜 나는 다르지? 왜 나는 놀림 받지?'
'아버지도 건강하고 엄마도 건강하고 형제들도 다 건강한데
왜 나만 이렇게 태어났지?'

어린 나이에 생각하고 또 생각해도 답을 얻기가 참 어려웠다. 그래서 어느 순간부터 모른 척 하기로 결심했다. 혼자 고민을 많이 하며 지냈던 탓일까? 나는 어렸을 때부터 유독 죽음에 대해 관심을 많이 갖고 있었다. 어린 나이에 지나칠 만큼 죽음에 대해 고민하는 것을 보고 부모님은 걱정이 되어서 나를 병원으로 보내려고 한 적도 있었다. 나는 참 이상하게도 '내가 얼마만큼을 살아야 죽지?' 늘 이런 생각을 했었다. 아마도 그 어린 나이에 평생 장애를 갖고 살아가야 된다는 것이 맘에 들지 않았던 모양이다. 사람들에게는 아닌 척

했지만, 내 마음속에는 분노가 자라나기 시작했다. 건강한 사람을 보면 싸우고 싶었고, 튼튼한 사람을 보면 이기고 싶었다. 그래서 막 싸웠다. 정말 피가 터지게 맞을 지라도 죽을힘을 다해 싸웠다. 모든 것을 스스로 감내하며 싸워야 하는 시간들이었다.

어릴 때부터 늘 내입에서 습관적으로 내뱉은 말이 있다.

"죽이라지 뭐"

나는 왜 그렇게 쓸데없는 일에 목숨을 걸었는지…….

지금 돌이켜 보면 너무 무모하게 삶을 살았었다.

브레이크 없이 질주하던 나의 삶

．
．
．
．
．

　나는 매사에 흑과 백이 분명했다. 중간이라는 절충은 없었다. 점차 부모님과 함께 사는 것이 불편해져서 나는 독립을 하게 되었다. 아파트를 얻고 자동차를 구입하면서 내 생활은 훨씬 자유로워졌다. 여기저기서 들어오는 공연 스케줄로 돈은 아쉽지 않을 정도로 벌게 되었다. 드디어 그 지긋지긋하던 가난에서 벗어나 내가 사고 싶은 것 먹고 싶은 것 풍족하게 누릴 수 있게 되었다.

　공연만 하면 큰 액수를 벌 수 있었고 내가 그만큼의 돈을 번다는 것에 대한 자부심으로 마음이 높아졌다. 돈이 있으니 무엇이든지 할 수 있을 것 같았고 세상이 다 내 맘대로 잘 될 것 같았다. 음악 활동하는 친구들과 서로의 집을 왕래하면서 파티도 하며 매일 밤 화려하고 즐거운 시간을 맘껏 즐길 수도 있었다. 부모님을 벗어나 혼자서 만끽하는 생활이 그렇게 좋을 수 없었다. 모든 것이 날 기분 좋게 했다. 어디를 가도 뮤지션으로 환영 받고 그에 상당한 돈을 벌고 여기저기서 찾아오는 미모의 아가씨들 그리고 날 좋아해 주는 음악 친구들까지 모든 것이 완벽했다.

그런데 이상하게도 매일 밤 친구들과 화려한 파티를 즐기는 중에도 그 속에서 알 수 없는 외로움과 소외감이 나를 우울하게 만들었다. 이 세상의 모든 돈이 내 것인 것 같았고 모든 시간이 다 내 것으로 여겨질 정도로 나에게 무한한 자유가 펼쳐져 있었다. 그런데 왜 그렇게도 나는 고독감을 느꼈을까? 내 가슴에 큰 구멍이 있는 것 같아 그 공허함을 채우기 위해 온갖 나쁜 일들을 행했지만, 그 어떤 것도 그 구멍을 메우지 못했다.

그날도 여느 날 밤과 마찬가지로 친구 집에서 술 마시며 파티를 즐기고 있었다. 그런데 평소와는 사뭇 다른 느낌이 들었다. 친구들이 삼삼오오 모이더니 거실 구석에서 흰 가루를 종이로 말아 코로 킁킁 들이 마시고 있었다. 그동안 내가 친하게 지내던 친구의 모습과는 달랐다. 그들의 표정과 모습은 너무 낯설었다. 술을 마시고 취한 모습과는 차원이 다른 그들의 행동에 나는 충격을 받았다. 친구들은 무언가에 취해 몸을 제대로 가누지 못했다. 말로 설명할 수 없지만, 그들만이 느끼는 황홀한 모습을 보았다. 친구가 나에게 종이 말은 것을 내밀며 해 보라고 권했다. 나는 순간 '마약'이라는 것을 직감했다. 순간 내 심장이 쿵쾅거리며 '할까 말까' 고민을 했다. 그때 '내 아버지가 목사인데, 내가 이런 것을 해도 되나?' 이 마음이 나를 붙잡았다. 다행히 그날 밤 내가 즐기던 술을 마시며 음악 얘기를 하고 그 집을 나왔다.

그날 이후 친구들은 내 앞에서 주저 없이 약을 즐기기 시작했다. 그 누구도 나에게 약을 강요하지는 않았지만, 그들과 자주 어울리면서 '나도 한 번 해 보면 어떨까?' 하는 생각이 들 때가 있었다.

언젠가부터 그 친구들은 밤이 새도록 마약을 했다. 그런데도 그 아쉬움을 떨칠 수가 없었는지 밤새 약을 하고도 카펫 바닥을 기어 다니며 혹시 떨어져 있을지도 모르는 흰색 가루를 찾아 헤매는 친구도 있었다.

늘 유쾌하고 다정다감한 내 친구 제이크(가명)는 우리 지역의 몇 손가락에 꼽힐 정도의 실력자인 베이스 기타리스트였다. 그 역시 마약을 하고 있었는데 언제부터인가 그는 몽유병 환자처럼 자기도 모르게 밤새 거리를 걸어 다니기도 하고 어떤 것이든 흰색 물질이 눈에 띄면 자동적으로 손이 가는 습관이 생길 정도로 '마약'에 지배를 당해 가고 있었다.

늘 나와 밴드 활동을 하던 동료가 어느 순간부터 마약 몇 덩이에 몸을 내어주거나 영혼을 파는 모습을 종종 보았다. 그리 오랜 시간도 아닌 불과 몇 달 만에 만난 친구의 얼굴이 예전의 모습을 찾아 볼 수 없을 정도로 그렇게 망가져 있었다. 생기라고는 전혀 찾아 볼 수 없는 그 친구의 모습에서 나는 삶의 무기력과 소망 없음을 느낄 수 있었다. 나 역시도 삶이란 무엇인가 고민을 하게 되었다. 어제도 함께 공연한 내 친구가 갑자기 죽었다고 했다. 자살로 삶을 마감했다는 슬픈 소식을 듣고 내 마음에 허무함과 슬픔이 꽉 찼다. 당시 내 삶도 허무했고 공허했고 삶의 의미도 없었기에 나도 죽기를 결심하고 죽기에 충분한 다량의 알약을 먹었다. 그런데 어떻게 된 일인지 사흘이 지나서 나는 의식을 되찾고 깨어났다. 그때 내가 그렇게 죽었어도 아무도 몰랐을 것이다. 만약 내가 죽었다면 사람들에게 발견되지 않고 꽤 오랜 시간 방치되었을 것이다.

내 삶은 브레이크 없이 질주하는 경주용 자동차처럼 끝없는 어디론가 달려가고 있었는데 나는 그 심각성을 인지하지 못했었다. 나 스스로도 나를 포기했던 적이 한 두 번이 아니었다. 어찌된 일인지 죽었어야 하는 내가 왜 살아 있는지 이해가 되지를 않았다.

'어떻게 내가 그 죽음에서 벗어날 수 있었던 것일까?'

한번은 과속으로 달리다가 경찰의 제지를 받았는데 무슨 객기였는지, 카운티 경계선만 넘으면 된다는 생각에 경찰의 지시를 무시하고 계속 달리다가 경계선을 넘자마자 차에서 나와 숲속으로 숨어 들어갔다. 도주한 나를 찾기 위해 헬리콥터 수색대가 떴고 결국 나는 경찰에게 붙들려 체포당했다. 경찰이 자동차를 수색하는 과정에서 실탄이 장전된 9mm 권총이 발견이 되었는데 경찰은 실탄을 분리하고는 나를 풀어 주었다. 미국에서는 절대로 이런 일이 일어날 수 없는데… 도대체 어떻게 된 영문인지 나는 그 상황에서도 구속되지 않았다.

럭셔리한 아파트에 살며 남들이 부러워할 만한 고급 스포츠 차를 타고 다니며 돈도 남부럽지 않을 만큼 벌면서 살고 있던 그때, 나는 심히 방황했다. 내가 누릴 수 있는 자유가 도대체 무엇인지도 모르고 흥청망청 정말 원 없이 내가 하고 싶은 것 다 하는 그런 삶을 살았다. 그것이 최고의 행복인줄 알았다.

행복한가?

행복한가?

나무에게 물어보았다.

"행복하냐고?"

"한평생 한곳에서 살아야 하는 내 신세가 답답하고 처량해.
자유로이 날아다니는 저 새가 되었으면 좋겠어."

새에게 물어보았다.

"행복하냐고?"

"평생을 떠돌아다니는 것에 지쳤어. 방황하는 삶은 고달파."

그래서 인생에게 물어보았다.

"삶이란 무엇이냐고?"

"삶이란 쉼 없이 높은 곳을 갈망하다가,

결국…….

가장 낮은 곳으로 돌아가는 흙일뿐이야."

3부

다가온 유혹

나의 첫 마약 경험은 정말 '신세계'였다.
마약이라는 것이 그렇게 한 번으로 중독이 된다는
것을 나는 정말 몰랐다.

'이런 개 같은 인생이 또 있을까? 내 인생 완전히 끝
장났어!'

「애틀랜타로 피신」 중에서

달콤한 유혹,
마약의 첫 경험 텍사스 휴스턴

텍사스 휴스턴은 내 인생 처음으로 마약을 경험한 곳이다. 친형만큼이나 믿고 따랐던 형이 '아주 좋은 것'이라며 은밀히 건네준 코카인이 앞으로 펼쳐질 창창한 내 인생을 통째로 삼켜버리게 될 거라고는 꿈에도 생각하지 못했다.

낯선 미국 땅 더구나 아는 사람도 별로 없는 텍사스에 잠시 머무르게 되었다. 마음을 나눌 친구도 없고 해서 무료할 때면 종종 동네 당구장에 가서 게임하면서 시간을 보냈는데 이곳에서 K형을 만나게 되었다. 한국 사람인 것을 알게 되자 급속도로 친하게 되었다. 낯선 땅에서 우리나라에서 온 사람을 만나게 되면 그렇게 반가울 수가 없다. 나보다 나이가 많았던 K형은 나를 친동생처럼 챙겨주고 아껴주었고 나 역시 친형에게도 털어 놓지 않았던 힘든 내 마음을

K형에게는 편하게 말할 수 있었다. 늘 당당하고 힘차고 밝은 형의 모습이 나는 참 보기 좋았고 닮고 싶었다.

K형이 있었기에 텍사스에서의 생활은 그런대로 지낼 만 했다. 그때는 몰랐는데 K형은 이미 수년 전부터 갱단의 조직원으로서 마약을 많이 취급하고 있던 사람이었다. K형이 어느 날 당구장이 아닌 클럽에서 보자고 해서 기대하는 마음으로 갔다. 술 한 잔을 들이키며 이런저런 살아가는 얘기를 하던 중에 형이 나에게 힘내라며 '아주 좋은 약'이라고 소개하며 나에게 코카인을 건네주었다. 나는 그 형을 믿었기에 한 번 경험해 보는 것도 나쁘지 않을 것 같은 마음에 코카인을 받아서 형이 알려 주는 대로 마약이라는 것을 처음으로 경험하게 되었다.

나의 첫 마약 경험은 정말 '신세계'였다. 눈이 활짝 떠지고 모든 사물이 신비롭고 아름답게 내게 다가왔다. 가슴이 뛰면서 뭐라 표현 할 수 없는 긴장과 흥분을 동시에 느낄 수 있었다. 놀라운 경험이었다. 처음으로 마약을 경험한 그 날 저녁은 자려고 누웠지만 뭔가 묘한 감정이 밀려와서 잠이 잘 오지 않았다. 뭐라고 딱히 설명할 수는 없지만 미련과 아쉬움의 감정이 뒤섞여 혼란스러웠다. 마약을 시작하던 당시에는 약을 한다는 생각만 해도 막 흥분이 되고 가슴이 뛰었다. 나름대로 행복감을 느끼기도 했다. 그 시간이 너무너무 기다려졌다. 약을 하는 동안은 적어도 힘든 상황을 다 이겨낼 수 있었다. 솔직히 말하면 그렇게 좋을 수가 없었다. 약을 시작한 1~2년간은 약 생각만 해도 기운이 펄펄 나던 때였다. 일상생활 하는데 별 어려움이 없었고 동료들과 모여 함께 약을 하며 즐기는 시간이 너무나도 행복한 시간이었다. 그때는 그렇게 아무도 모르게 감추며 마약을 투여 할 수가 있었다.

나는 코카인, 크랙, 헤로인, 엘에스티 등 다양한 약을 경험해 봤다. 그러나 평생 나를 괴롭힌 것은 흑인들이 많이 하는 싸구려 마약 크랙(Crack: 미국의 한 세대를 혼란에 빠뜨린 마약의 일종)이었다. 이것은 코카인 파우더를 열로 증발 시키고 그 연기를 들이 마시는 것인데 한 번하고 일분만 있으면 또 하고 싶고 그냥 하루 종일 해야 되는 '중독성이 어마어마한 최악의 약'이다. 이것을 한 번 시작하면 사나흘은 밤낮으로 하게 된다. 코카인이나 헤로인은 한 번에 몇 시간 동안 그 약 기운이 지속되지만, 크랙은 1-2분마다 해야 되니 밥도 제대로 못 먹고 삐쩍 마르게 된다.

마약이라는 것이 그렇게 한 번으로 중독이 된다는 것을 나는 정말 몰랐다. 마약은 하면 할수록 내 의지와는 상관없이 몸이 더 원한다. 처음에 짜릿하게 느꼈던 좋은 기분은 조금씩 사라지면서 어느새 아쉬움과 불안한 감정이 내 영혼을 갉아먹는다. 휴스턴의 한 클럽에서 시작한 마약으로 창창하던 젊은 날의 내 인생, 20여 년의 세월을 도둑맞았다. 나는 그렇게 마약의 노예가 되어 버렸다.

휴스턴에서 생활은 늘 불안의 연속이었다. 총기를 휘두르고 아이들과 몰려다니면서 폭력과 마약으로 어려움과 죽음의 고비를 많이 넘겼다. 총에 맞은 친구를 부축해서 경찰에게 잡힐까봐 세븐일레븐 편의점 뒤편 쓰레기통 옆에서 12시간이나 피 흘리는 친구를 손으로 지혈하며 안타까워 울었던 기억이 난다. 보통 사람들이라면 살면서 단 한 번도 경험해 볼 필요가 없는 그런 절박한 상황을 나는 그저 일상의 반복처럼 그렇게 살았다. 이러한 삶은 나를 더 독하고 악하게 만들었다. 당시 외국 친구들은 나를 '냉혈인(cold blood)'이라 불렀다. 폭력과 마약에 찌든 삶은 지속되었다. 젊은 혈기가 왕성했던지 그 때는 무서운 것도 없었고 겁나는 것도 없었다. 나는 늘 습관처럼 이 말을 내 뱉었다.

"어차피 한 번 사는 거, 폼 나게 한 번 살다가 쿨 하게 가면 되지, 뭐가 두려워!"

여러 지역을 다니며 방탕한 생활을 했다. 어디를 가든 늘 그 중심에는 마약과 폭력이 난무했다. 한번은 애매한 상황에 엮여서 급히 몸을 숨겨야 했다. 엘 파소에 위치한 작은 모텔에 들어가 몇날 며칠을 숨어 지냈던 적이 있다. 너무나도 무서워서 한 발짝도 밖으로 나올 수 없었다. 군대도 다녀온 적이 없는데, 늘 총을 휴대하고 다녀야 했고 하나로도 부족해서 더 많은 총을 소지하고 있었다. 그러던 중에 형이 억울한 일을 당했다는 소식을 들었다. 난 도무지 그냥 있을 수가 없어서 허리에 권총을 차고 스포츠카를 몰로 200킬로가 넘는 속도로 미친 듯이 고속도로를 내달리기 시작했다. 한참을 달리고 있는데 비가 내리기 시작해서 도로가 미끄러워지기 시작했다.

그러나 나는 속도를 줄이지도 않고 냅다 달리다가 갑자기 고속도로에 작은 동물이 툭 튀어 나오는 바람에 급히 브레이크를 밟으면서 내 차는 속도를 줄이지 못하고 빗길에 미끄러져 그 자리에서 3바퀴를 돌게 되었다. 정말 하늘이 빙빙 돌고 심장이 멎는 듯했다. 놀랍게도 내 뒤로 차가 없어서 구사일생으로 살아났다. 정말 나는 죽을 수밖에 없는 상황이었다. 정신을 차리고 보니 고속도로 한 가운데 역방향으로 차가 세워져 있었다. 단 한 대의 차라도 내 뒤에 있었다면, 정말 상상하고 싶지도 않지만 당연히 그 자리에서 사망했을 것이다. 이처럼 살면서 나는 얼마나 많은 죽을 고비를 넘겼는지 모른다. 마치 영화 속의 주인공에게나 일어날 법한 일들이 나의 일상생활 속에서는 오히려 특별하지도 않은 일이었다.

참 희한하게도 내 안에 또 다른 나는 사람들에게 아름다운 음악을 들려주는 천사와 같은 삶을 살았다. 특히 젊은 친구들이 나의 음악 듣기를 원했다. 크고 작은 지역 행사에서 자주 초청을 받아 여러 차례 공연을 했다.

빛과 어둠이 있듯이 내 안에 완전히 다른 두 개의 자아가 있다는 것이 어느 순간부터 느껴졌다. 약에 취해 있는 나의 모습, 무대 위에서 음악에 심취해 있는 나의 모습, 이렇게 극명하게 다른 이중적인 모습을 바라보는 사람들의 마음이 얼마나 심란했을지. 오죽했으면 나를 아껴주던 분께서 나에게 이렇게 말씀 하셨을까?

"미워하고 멀리하고 싶어도 그럴 수가 없는 사람"

화려했지만 나락으로 떨어진 LA에서의 삶

이민자들의 꿈과 희망이 넘치는 곳 LA, 그러나 나에게는 아픈 기억이 너무나도 많은 곳이다. 큰형이 LA에서 이미 안정된 삶을 살고 있었던 터라 나도 LA로 이주하기로 했다. 형 가족과 함께 지내면서 가족이라는 울타리 안에서 같이 식사하고 대화하고 일상을 나누면서 나도 조금씩 안정을 찾아갔다. 규칙적인 생활에 양질의 음식을 먹고 운동도 하면서 몸과 마음이 건강해지고 정신도 맑아져서 음악작업에도 몰두할 수 있게 되었다. 다시금 삶에 대한 애착이 살아났다. 지극히 평범하지만 정상적인 생활을 하며 매일을 살아가는 생활이 참 좋았다. 저녁을 먹은 후에는 형과 차를 마시면서 음악에 대해 진지하게 대화를 하곤 했는데 나는 그 시간이 참 행복했다. 형은 나의 음악적 재능과 가능성을 항상 높이 평가해 주었는데 형이 나를 칭찬 해 줄때면 나도 모르게 어깨가 으쓱해지고 무슨 일이든 잘 할 수 있을 것 같은 확신이 들었다.

당시에는 한국의 탑 스타들이 미주 공연하러 오는 붐이 일던 때였다. 나도 내가 살던 지역에서 꽤나 유명했던 음악인이었기에 한국 공연 팀들이 미주 행사가 있을 때마다 나를 초청해 주어서 함께 연주를 하게 되었다. 이것을 계기로 이장희씨가 진행하는 라디오 코리아의 '원더풀 투나잇' 프로그램에 고정 게스트로 함께 진행을 하게 되었다. 그리고 동시에 여러 사람들로부터 음반 제의를 받게 되었다. 가수 출신인 유준 장로님이 초대해 주셔서 그분의 홈 스튜디오에서 녹음을 하게 되었다. 또한 가수 이용복씨를 만났는데 내 연주를 듣고 입에 침이 마르도록 감탄을 해 주셨다. 이분 역시 나와 같이 일할 것을 제안했다. 동시다발적으로 모든 일들이 파도처럼 몰려와서 나는 꿈인지 생시인지 어안이 벙벙해지는 기분을 느꼈다.

미스코리아 미주 행사에 연주자로 초정을 받아서 행사에 참여했었다. 이름만 말해도 다 알만한 한국의 유명 가수들과 배우들이 그 행사장에 와 있어서 인사를 하게 되었다. 모두들 내 연주가 너무나 좋았다고 얘기를 해 주셨다. 몇몇 분들이 조용히 나에게 다가오셔서 한국에서 함께 활동하자는 뜻을 전해주셨다.

다국적 뮤지션들과 함께 협업으로 LA 야마하 뮤직에서 개최하는 프로젝트를 할 때였다. 한국에서 조영남씨라는 가수가 공연을 오는데 피아노 연주자가 필요하다고 해서 함께 프로젝트를 진행했던 지인이 나를 추천했다. 다른 파트 연주자들은 당시 MI 음대교수들로 채워졌는데 피아니스트가 없다는 것이었다. 나는 그저 돈을 벌기 위해 하겠다고 했고 리허설을 하기 위해 행사장으로 갔다. 이미 세 명의 MI 음대교수들과 조영남씨가 리허설을 하고 있었다. 나는 말 없이 미리 준비되어 있는 키보드에 앉았다.

눈인사를 짧게 하자마자 조영남씨가 대뜸 물었다.

"한국사람이야? 셔플리듬 알아? G Key, 오케이?"

조영남씨가 손으로 박자를 세기 시작했다. 나는 그 박자에 맞추어 G key 12소절을 즉흥적으로 편안한 셔플 리듬으로 연주하기 시작했다. 첫 소절을 듣자마자 깜짝 놀란 조영남씨는 내 쪽으로 고개를 휙 돌리더니 환호하기 시작했다.

"와우, 원더풀! 너무 좋다, 와 ~ 잘한다!"

공연을 성황리에 잘 마치고 짐을 정리하고 나가려는데 조영남씨가 내가 있는 곳으로 찾아 오셔서 많은 대화를 나눴다. 음악에 대한 열정이 대단한 분이라는 것을 알 수 있었다.

그 이듬해 내가 연주하는 곳으로 어떤 분이 나를 찾아오셨다.

"지금 조영남 선생님이 당신을 기다리고 있습니다. 당신이 연주를 안 해주면 공연을 안 하시겠다고 모셔 오라고 하십니다."

나를 태운 고급 승용차는 조영남씨가 머물고 있는 숙소로 안내했다. 호텔에서 공연 프로그램에 대한 이야기를 나누고 우리는 LA

명소 "월튼극장"에서 멋진 공연을 함께 하게 되었다. 일일이 이름을 다 밝히지는 않겠지만 당대 최고의 유명한 가수들과 함께 멋진 공연을 했다. 그날은 정말 세상을 다 얻은 기분이었다. 가슴 벅찼던 그 날, 내 앞에 탄탄대로가 열리리라는 기대와 희망이 넘쳤던 그 곳, LA!

내 인생의 멋진 날이 손만 뻗으면 만져질것 같이 정말 가까이에 와 있었다. 가족과 지인들로부터 관심과 기대를 한 몸에 받으며 앞으로 펼쳐질 미래를 가슴 설레며 기다렸다. 정말 더 없이 좋은 시기였고 내 인생에 있어서 최고의 기회였다. 잠시라도 삶의 행복함을 느꼈던 시간이었다. 미주지역에 거주하는 많은 음악인들과 영화인 선배들이 나를 인정해 주었고 많이 아껴 주었기 때문에 나만 열심히 하면 나는 세계를 무대로 음악을 마음껏 펼칠 수 있었다.

그러나…….

'악의 존재 마약이란 놈은 나를 가만 내버려 두지 않았다.'

그 좋은 기회가 내 앞에서 기다리고 있는데도 나는 끝내 약의 유혹을 뿌리치지 못했다. 그놈의 마약 때문에 잠시의 행복도 물거품이 되어버렸다.

일단 마약을 하게 되면 약속은 지킬 수 없게 된다. 아무리 중요한 약속이라도 지켜질 수가 없다. 어렵사리 잡은 약속을 수차례 지키지 못하니 더 이상 어떤 변명도 통하지 않았다. 약속을 지키지 못하니 나의 신뢰도는 바닥을 치게 되었다. 사람들과 지속적으로 관계를 유지하기도 어렵고 의사소통도 원활하지 못하게 되어 버린 나하고는 그 누구도 함께 일을 할 수가 없었다.

또다시 마약에 손을 대면서부터 이전보다 점점 더 빨리 그리고 더 깊게 마약을 탐닉함은 물론 범죄의 소굴에 발을 들여놓게 되었다. 약을 구하려면 돈이 필요한데 돈을 벌기 위해 마약 판매까지 하게 되었다. 더 끔찍한 것은 내 몸과 정신이 서서히 망가져가고 있었는데도 오직 '마약'을 구하는 일에만 급급했다.

화려한 연주생활로 번 돈으로 매일 밤마다 친구들과 어울려 적게는 수십 달러에서 많게는 수천 달러를 흥청망청 쓰면서 3~4일을 먹거나 자지도 않고 온종일 마약에 취해 있었다. 그리 오래 지나지 않아 주변 사람들에게 나의 상태가 차차 드러나게 되었다. 정말 길게 할 때는 아무것도 안 먹고 4~5일 정도를 물만 마시고 마약을 했다. 고조된 흥분을 진정시키기 위해 아주 독한 코냑을 한 두병씩 마셨고 담배를 세 네 갑씩 피워댔다. 아무리 독한 술을 마시고 담배를 많이 피워대도 마약보다는 독하지 않았기에 이미 마약으로 흥분된 나를 진정시키지는 못했다. 어느덧 돈이 바닥나기 시작하고 연주생활은 할 수 없을 정도로 몸과 정신이 망가져 있었다.

모든 것이 엉망진창이 되어 버렸다. 약에 취해 제정신이 아닌 상태에서 내가 운전해서 고속도로를 달렸다. 갑자기 내 눈으로 상대편 헤드라이트의 강한 빛이 들어와 눈을 뜰 수 없었다.

"왜 이렇게 밝은 거야? 왜 앞이 안 보여?"

혼잣말로 중얼거리며 정신을 차리고 보니 내가 역방향으로 운전을 하고 있는 것이 아닌가! 아마도 약 기운에 출구를 입구로 생각하고 들어 간 모양이다. 다행히 한밤중이라 차가 많지 않았기에 망정이지, 큰 사고로 이어질 수 있는 정말 위험천만한 미친 짓이었다. 그런데 이런 일이 한 두 번이 아니었다. 약에 찌들어 심신이 미약한 상태에서 운전을 하다가 운전 도중에 기절했던 적이 있다. 그냥 나도 모르게 잠이 들어 버렸다. 얼마 동안인지는 모르지만, 내가 잠들어 있었다는 것은 확실했다. 잠에서 깨어보니 나는 운전석에 그대로 앉아 있었고 내 차 앞에 자동차가 한 대도 없었다. 놀란 마음에 백미러로 보니 수많은 자동차가 내 뒤에서 기다리고 있었다. 나는 얼른 정신을 차리고 속도를 내어 가장 가까운 출구로 재빨리 빠져 나왔다.

하루하루가 외줄을 타듯 위태로움과 불안의 연속이었다. 친구들과 약을 하고 집에 가려고 주차장에 세워둔 차 문을 여는 순간, 목 뒤쪽에 쇳덩이 느낌이 났다. 나는 직감적으로 총구인지를 알았다. 말투를 들으니 멕시칸들이었다. 그 지역은 특히나 한인들을 겨냥한 살인, 강도 사건이 빈번한 장소였다. 나는 기분이 더러웠다. 나한테까지 총구를 들이댔다는 것이 화가 났다. 기회를 엿보다가 돌면서 팔 뒤꿈치로 상대의 얼굴을 가격했다. 상대가 넘어지면서 총을 바닥에 떨어뜨렸다. 나는 얼른 그 총을 주워들고서 정신없이 도망가는 그를 향해 두 발을 쐈다.

마약을 거래하고 멕시코와 베트남 갱단들과 접촉하게 되면서 급기야 나는 마약 사업까지 손을 뻗치게 되었다. 매일이 불안과 초조함으로 피가 마르는 그야말로 지옥의 삶을 살았다.

주위 한국 사람들에게 소문이 날까 봐 혹여나 우리 가족들이 알까 봐 철저히 숨겼기 때문에 당시 내가 어떻게 무엇을 하며 살고 있는지 나의 실상을 그 누구도 제대로 알지 못했다.

그 세계는 속여야만 살 수 있는 세계이고 외적으로 강해 보여야만 살아남을 수 있는 세계여서 속이고 부수고 강한 사람으로 보이기 위해 악한 행동들을 많이 했다. 나는 늘 죽음을 담보로 싸웠기 때문에 오히려 상대방이 나를 두려워했다. 나는 결코 진다는 생각을 안 하고 목숨 걸고 싸웠다. 나는 더 대담해져서 마약을 거래하기 위해 흑인들이 사는 소굴로 들어갔다. 대개 그런 하우스에는 십여 명의 흑인들이 모여 있는데 무시무시한 자동소총이나 기관총으로 무장하고 있다. 만일 한 사람만이라도 말을 잘못하게 된다면 모든 일이 꼬이고 난장판이 되는 상황이 연출된다. 나는 이미 오래전에 죽기를 각오하고 살아와서 그랬는지 어떤 상황에서도 쫄지 않고 당당하게 밀어붙일 수 있어서 오히려 그들의 환심을 사게 되었다.

아직도 기억나는 흑인친구가 있다. 그의 이름은 '아이스맨'.
내가 약을 구입하러 처음으로 혼자서 그 하우스에 들어갔을 때, 예닐곱 명의 흑인들이 몇 개의 탁자에 흩어져서 앉아 나를 주시하고 있었다. 탁자 위에는 9mm 자동소총과 권총들이 어지럽게 놓여 있었다. 정말 일초 앞을 예측 할 수 없는 삼엄한 분위기였다. 그 가운데 보스 같아 보이는 친구가 말을 건넸다. 나는 주눅 들지 않고 당당하게 그의 질문에 대답했다. 그러자 대뜸 그가 나에게 보여줄 것이 있다며 다른 곳으로 가자고 했다. 하우스를 나와 그의 차에 타는 순간 나는 깜짝 놀랐다. 그는 자동차를 앞으로 운전하지 않고 뒤로 운행을 하는 것이었다. 정말 미친 짓이었다. 그런데 그 동네에서 누구도 그를 말리는 사람이 없었다. 그는 자신의 또 다른 아지트로 나를 안내했고 그곳에서 더 좋은 품질의 마약을 나에게 공급해 주었다.

'아이스맨' 그 친구와의 만남으로 나는 더 깊은 수렁으로 빠지게 되었다.

대개 약을 하면 반복적인 행동을 계속한다. 집안에서 약을 하다가 공포를 느끼게 되면 이유도 없이 밖으로 뛰쳐나가 마냥 거리를 걷는다. 그러다가 헛것을 볼 때는 놀라서 이곳저곳 종일 혼자 도망

다니기도 한다. 어디를 걸어 다니는지 기억조차 못하지만 나중에 정신이 들고 보면 온 몸이 멍투성이에다가 전신이 욱신거리고 아프다. 점차 침을 질질 흘리고 말이 어눌해지면서 입가에 침이 마르고 굳어져서 입 벌리는 것조차도 쉽지 않게 된다.

하루는 무서운 공포가 밀려와서 집에 들어갈 수 없었다. 아파트 바로 앞 작은 숲에는 물이 흐르는 개천이 있었는데, 나는 그 숲에서 하염없이 내 아파트를 바라보며 며칠을 노숙했다. 일그러진 얼굴을 한 형체가 나를 죽이려 한다는 끔찍한 생각에 휩싸였다. 지진이 난 듯 건물이 흔들렸고, 심지어 누군가 내 귓가에 소리치는 그 말이 너무 생생하게 들렸다.

'곧 전쟁이 일어날 거야, 피해! 안 그럼 너 죽어'

너무 두려운 나머지 집에 들어가지도 못하고 끼니를 해결할 수 없었다. 너무 배가 고프고 힘들었다. 참다 참다 못해 쓰레기통을 뒤져서 누가 먹다 버린 것이라도 있으면 찾아서 먹을 정도로 굶주렸다. 결국 상한 음식을 먹고 배탈이 나서 죽도록 고생했다.

약에 대한 갈망은 말로 표현할 수 없을 정도로 강력하다. 내 평생 도둑질 해 본적은 없지만, 약을 해야 하는데 돈이 없었다면 도둑질이 아니라 강도질이라고 했을 것 같다. 약이 필요한데 돈이 없으면 어떤 수단과 방법을 다 동원해서 나는 돈을 만들어 내었다. 낮이건 밤이건 새벽이건 시도 때도 없이 지인들에게 전화를 걸어 온갖 이유와 변명을 만들어서 돈을 빌렸다. 미안한 생각이 전혀 들지 않았다. 다 내 말을 믿어줄 것이고 또 나를 이해해 줄 것이라 생각했다. 더 이상 돈을 빌릴 곳이 없게 되자 인쇄된 가짜 종이돈으로 약을 사려다가 들켜서 정말 죽기 직전까지 맞은 적도 있다.

'도대체 그 마약이라는 게 뭐기에, 내 목숨까지 걸어가며 했어야 했는지……'

내 편이 필요해서 접근했던 그 세계는 정작 내 편도 네 편도 없었다. 단지 자기만 살기 위해 처절하게 싸우는 전쟁터였다. 그저 내가 죽든지, 네가 죽든지 누가 죽어도 어느 누구하나 슬퍼하지 않고 관심도 없는 무정한 세계였다. 그 세계에서는 수많은 사람들이 그렇게 살고 그렇게 죽어갔다.

실제로 마약 때문에 여러 친구들을 잃었다. 바로 내 눈 앞에서 친구가 죽어가는 것을 보면서도 마약 하는 것을 멈출 수가 없었다. 이것이 바로 마약이다. 마약은 더 이상 나를 나로 살게 두지 않는다. 마약은 나를 지배하는 아주 무섭고도 어두운 존재이다. 마약을 통해 내가 경험한 일들은 단순히 환각이나 망상을 넘어서는 차원이었다. 내가 마주한 어둠의 영적인 세계는 분명히 존재하며 악한 영이 마약을 도구로 해서 사람의 영혼을 도둑질 한다는 것을, 피비린내 나는 처절한 고통에 신음하면서 나는 깨닫게 되었다.

미국에서 증명서 없이 다닌다는 것이 얼마나 불안한 일인지를 경험이 있는 분들은 잘 알 것이다. 아무도 믿지 않겠지만, 나는 20여 년 동안 나 자신을 증명할 수 있는 여권이나 면허증과 같은 신분증 하나 없이 살았다. 심지어 나는 영주권자였음에도 서류를 다 분실했기 때문에 내가 길에서 객사를 하더라도 나라는 존재에 대해 전혀 알 수 없었다. 이런 처지에도 운전을 하고 다녀야 했기에 늘 불안했다.

어느 날 밤 운전을 하고 가던 중에 몇 미터 앞에서 음주 단속 하는 것을 보게 되었다. 면허증이 없던 나에게는 큰 문제가 될 수 있어서 차를 돌려 우회할까 고민했지만 거리가 얼마 되지 않아 어쩔 수 없이 직면해야 하는 상황이었다. 당연히 경찰이 나에게 신분증을 요구했고 나는 차 밖으로 나와야 했다. 그런데 믿을 수 없는 일이 벌어졌다. 경찰이 나에게 자동차를 놔두고 연락을 취해서 면허증이 있는 사람이 와서 운전을 해서 가라는 것이 아닌가! 이렇듯 보통 사람들의 일상이 나에게는 불안한 삶의 연속이었다. 후에 교회에서 사역을 하게 되었을 때에도 나는 내 이름으로 수표를 발행할 수가 없어서 다른 사람 이름으로 수표를 발행 받아야 하는 참 어이없는 일도 있었다.

어쩌다보니 나는 죄의식도 없고 거짓과 속임수를 친구삼아 폭력과 온갖 범죄를 저지르며 악으로 가득한 삶에 쩔어서 살고 있었다. 더 이상은 견딜 수가 없는 한계치에 이르렀다. 어디론가 도망치고 싶었다. 늘 그랬듯이…….

때마침 음악투어 일정이 잡혀서 '천혜의 휴양지 하와이'로 떠나게 된다.

마약의 천국,
지옥 같은 하와이에서의 야반도주

:
:
:
:
:

'누가 하와이를 지상의 낙원이라고 했던가?'
'하와이가 마약의 천국인 것을 그때 나는 왜 몰랐을까?'

아끼는 친구의 권유로 나는 하와이로 음악 투어를 가게 되었다. 나의 음악적 재능을 잘 알고 나의 연주를 정말 좋아하는 친구였기에 내가 하와이에서 새 삶을 시작할 수 있는 모든 환경과 여건을 마련해 주었다. 연주를 다시 시작하게 되면서 살아보려는 의지가 반영되어서인지, 내가 부르는 노래에도 피아노 연주에도 생기가 차올랐고 아름다운 선율들이 손끝을 타고 흘러나왔다. 나의 음악을 사랑해 주는 분들의 격려로 나는 또다시 일어 설 수 있는 힘을 얻었다.

하와이에서의 생활은 순탄할 것만 같았다. 클럽에서 연주를 하며 지내는 평범한 일상이 좋았다. 점차 내 연주가 좋아서 일부러 나를 보러 클럽으로 오는 팬들이 하나둘씩 생겼다. 많은 사람들이 나의 연주를 즐기며 좋아했다.

여느 날과 다름없이 클럽에서 피아노 연주를 하고 있는데 어떤 신사가 나에게 다가와서는 내 연주를 듣고 벅찬 감동을 받았다며 극찬을 해 주었다. 자신을 가수 '쟈니 리'라고 소개하면서 한국에 나가서 같이 활동할 것을 제안했다. 음악에 대해 진지한 대화를 나누고 점차 친해지면서 공연도 함께 하게 되었다. 그분은 나를 아들처럼 대해 주셨다. 그러나 그 좋은 시간도 얼마가지 않았다. 점점 더 심해지는 나의 마약 복용으로 인해 그 분과의 관계도 멀어지게 되었다.

지금까지 살면서 사람들로부터 가장 많은 선물을 받았던 곳이 하와이였다. 어쩌면 그곳에서 타향살이를 하고 있는 이민자들의 공허한 마음을 음악으로 만져 주었기 때문이 아닐까 생각해 본다. 특별히 하와이에서 나의 음악은 정말 많은 사람들로부터 사랑을 받았다. 연주를 할 때마다 아낌없는 박수를 받았고 연주가 끝나면 많은 사람들이 기꺼이 나를 만나기 위해 기다렸고 함께 대화하기를 원했다. 나를 각별하게 아꼈던 어떤 일본 사업가는 만 달러를 호가하는 값비싼 골프채를 나에게 선물 할 정도로 나의 음악에 깊은 관심과 애정을 갖고 있었다. 하지만 내가 다시 약에 빠지면서 사람들과 멀어지기 시작했다. 물론 그중 몇 사람들은 어떻게 해서든지 나를 다시 일으켜 세우려고 무척이나 애를 쓰셨지만, 그들의 노력에도 불구하고 나는 더욱 깊이 약에 빠져들었고 내 음악을 사랑하고 아껴주었던 사람들에게 오히려 큰 실망감만 안겨 드렸다. 결국 하나둘씩 내 곁에서 사라졌다. 하와이에서 그리 오랜 시간을 살지는 않았지만, 나를 포함해서 너무나 많은 사람들이 마약 때문에 무너지는 것을 어디서든지 쉽게 볼 수 있었다. 정말 평범한 분인데 하루아침에 가지고 있던 재산도, 사회적인 위치와 명예도 순간에 다 잃어버리는 것을 하와이에서 피눈물을 흘리며 지켜보았다. 심지어 어떤 분은 자신이 타고 다니던 고급 승용차를 고작 약 한 봉지에 내어주는 어처구니없는 상황도 직접 목격했다. 당시 하와이에는 마약 때문에 개인의 삶이 망가지고 가정이 깨지고 사업이 부도나는 등의 이런 일들이 그리 대수롭지 않게 여겨질 정도로 너무나도 많은 사람들이 약물 중독에 빠져 있었다.

참 이상하게도 그 시절에는 왜 그랬는지 한국에서 꽤 유명한 주먹들이 유독 하와이에 많이 들어와 있었다. 아마도 한국에서 큰 문제를 일으키고 도피하는 곳이 하와이였던 모양이다. 하와이에서의 한인사회에 대해 나는 정말 아는 것이 없었기에 누가 위협적인 사람인지도 모르고 어떻게 처신을 해야 하는지에 대해서도 그리 신경쓰지 않았던 터였다. 그들과 나 사이에 몇 차례 충돌이 일어날 뻔 했던 적이 있었다. 나중에 들은 이야기지만, 나를 잘 아는 사람이 그 주먹들에게 이렇게 말했다고 한다.

"저 사람은 건드리지 않는 게 좋을 거야, 저 사람 마음에 거슬리는 행동을 하면 앞뒤 안 재고 그냥 기관총으로 갈겨 버려."

이 한 마디로 내가 '미친 사람'이란 걸 그들에게 각인시켜 주었다.

하와이에서 새 삶을 시작해 보고 싶었다. 정말 간절히 원했던 음악활동을 맘껏 펼쳐보려 했는데 내 모든 계획은 또 힘없이 무너지고 만다. 처음에는 사람들 몰래 마약을 조금씩 다시 시작한 것이 결국 하와이에서는 더 이상 살 수 없는 처지로 내몰리게 되었다. 나를 아끼고 나와 함께 음악활동 하는 것을 좋아하던 뮤지션들도 하나둘씩 내 곁을 떠나갔고 결국은 또 나 혼자 남게 되었다. 철저히 혼자가 된 나는 그 누구도 건져낼 수 없을 정도로 마약에 더 의존하게 되고 오직 마약만이 내 옆에 남았다.

기본적으로 2~3일은 혼자서 있는 약 모조리 다 떨어질 때까지 정말 심하게 약을 했다. 처음에 약을 할 때는 사람들과 어울려 하지만 중독이 심해질수록 나중에는 결국 혼자 숨어서 마약을 한다.

나는 여러 번 자살 충동을 느꼈다. 다른 어떤 것 보다 죽음에 더 관심을 갖게 되었다. 내 머릿속으로 머지않아 나 스스로 목숨을 끊게 될 것이라는 생각이 떠나질 않았다. 내가 나의 죽음을 명령하는 것 같았다. 아파트 고층에서 아래를 내려다보며 떨어져 죽고 싶은 강한 충동을 느꼈다. 그 강한 충동질에 이끌려 순간 와이키키 디스커버리 타워 맨 꼭대기 층에 올라가서 뛰어 내리려고 했던 적이 한두 번이 아니다.

어느 날은 진짜 뛰어 내리려고 난간에 딱 섰는데, 갑자기 전화벨이 요란하게 울려서 깜짝 놀라 정신을 차린 적도 있다. 실제로 어떤 한국 여성이 그 높은 타워에서 투신을 한 사건이 있었다. 물론 그녀의 사인도 마약 때문이었다. 그 시기에 하와이에는 정말 많은 사람들이 약에 중독되어 있었다. 하와이의 이름난 유흥업소에는 한국에서 온 여성들이 많이 있었다. 유흥업소 종사자들의 삶의 애환을 잘 알고 있는 현지인 조직들이 은밀하게 뒤에서 마약을 지속적으로 제공해 주고 있었다. 결과적으로 타지에서 마음 기댈 곳 없이 힘들게 살아가며 번 돈을 온통 마약에 쏟아버리고 마는 비참한 삶을 살고 있던 여성들, 그 중에 몇 사람은 지옥 같은 삶을 견디다 못해 스스로 삶을 마감하기도 했다. 대부분이 젊고 예쁜 여성들이었다. 너무 가슴이 아픈 일이었지만, 그 누구도 고귀한 한 생명의 슬픈 죽음에 관심을 갖지 않았다. 바로 이것이 '마약의 끝'이다.

정말 하와이라는 곳, 관광지여서 일까? 문란한 유흥 문화와 마약이 넘쳐나는 곳, 그 누가 죽어도 대수롭지 않게 여기는 곳, 나는 때늦은 후회를 많이 했다.

'내가 하와이로 오지 말았어야 했는데.'

언제부터인가 나 혼자서는 도저히 헤어 나올 수 없는 지경에 이르게 되었다. 마약을 구하기 위해 모든 지인들에게 얼굴에 철판을 깔고 돈을 빌려대기 시작했다. 심지어 하와이 본토 원주민 마약 딜러에게 약을 받고 돈을 지불하지 못하게 되자 나는 신변의 위협을 받게 되었다. 그곳에 있으면 바로 내일 처참한 개 같은 죽음만이 나를 기다리고 있을 뿐이다. 그렇게 또 다시 현실을 피해 도망쳐야 하는 내 신세가 너무 처량해서 떠나기 전날 노을이지는 와이키키 해변에 앉아 밤새 울었다. 모두가 즐기기 위해 찾아오는 아름다운 와이키키 해변에서 나는 또 절망을 맞이한다.

'도대체 언제까지 일까? 끝은 있는 것일까? 그 끝은 죽음일까?'

외로운 바다에 앉아, 엄마 아빠를 간절히 소리쳐 불러 본다.

"엄마, 아빠! 나 어떻게 해요???"

급히 셋째 형에게 도움을 요청하여 항공권을 구입하고 깜깜한 야밤에 쥐도 새도 모르게 공항에 도착했다. 나는 온통 형과 부모님이 계신 애틀랜타로 가야 한다는 생각뿐이었다.

하와이를 떠나던 그날 밤이 아직도 기억에 생생하다. 너무 서글픈 생각에 공항에서 한참을 울었다. 초췌한 몰골로 이제 형과 부모님을 만나야 하는 내 신세가 너무 비참하고 가련했다. 좋은 소식은 커녕 작은 마음의 선물도 가져다 드리지는 못할지라도, 이런 비참한 몰골로 가족을 만나야 하는 내 모습이 정말 창피했다. 그저 나 자신이 한없이 원망스러웠다. 그때 내 모습은 이미 많이 망가져있었다. 체중도 많이 빠져 있었고 눈동자는 초점이 없을 만큼 의식도 흐려져 있었다. 그 날 비행기에 오르는 내 두 발이 그렇게도 부끄러웠다.

애틀랜타로 피신

비행기 안에서도 내 마음을 진정시킬 수 없었다. 아무 생각 안하고 그냥 쉬고 싶었다. 그러나 눈을 감으면 '내가 왜 그렇게 밖에 못 살았을까' 후회와 아픈 기억들이 쉴 새 없이 떠올라 괴로웠다. 눈을 감아도 편히 쉴 수도 없는, 나의 모든 존재가 불안과 두려움으로 쌓여 있는 것 같았다. 한숨을 쉬며 나도 모르게 이 말을 내뱉었다.

'이런 개 같은 인생이 또 있을까? 내 인생 완전히 끝났어.'

스스로를 돌아보아도 '나는 구제불능'이라는 생각이 들었다. 모두에게 버림받은 인생이라는 생각에 다시 시작하고 싶은 마음조차 생기지 않았다. 정말 또다시 죽고 싶은 마음뿐이었다. 차라리 이 비행기가 추락해서 죽었으면 하는 나쁜 마음이 들 정도였다.

'아, 형이 나를 데리러 올텐데……. 만나면 뭐라고 할까?

드디어 비행기가 애틀랜타 공항에 착륙하고 나는 긴장된 마음으로 그러나 마음 한편에는 기대감과 설렘을 가지고 공항 출구에서 형을 기다렸다.

'너 고생 많았지? 힘들었겠구나. 이제 좀 쉬면서 새 삶을 살아야지.'

혹시라도 형이 나에게 위로의 말을 건네주기를 얼마나 바랐는지 모른다. 그러나 형은 내가 서 있는 것을 확인하자마자 짐을 트렁크에 싣고는 집에 도착할 때까지 한 마디의 말도 하지 않았다. 그 적막함의 무게가 참 무거웠다. 막상 집에 오니 망가질 대로 망가진 나를 반길 사람은 없어 보였다. 결국 부모님의 배려로 내가 편히 쉬고 영적으로 힘을 얻고 육적으로도 건강하게 지낼 수 있는 곳, 기도원에서 일정기간 지내게 되었다. 기도원을 섬기시던 장로님은 내가 누군지 알지 못했지만 따뜻한 마음으로 나를 대해주셨다. 기도원에서 장로님과의 짧은 만남이 있은 후 딱 10년 만에 그 장로님이 섬기는 교회의 사역자로 나는 초빙을 받아 가게 된다. 얼마나 놀라운 일인가!

'어떻게 이런 일이 나에게 일어날 수 있을까?'

여러 날 기도원에서 몸과 마음을 추스른 다음 경제적으로 넉넉했던 형의 도움을 받으며 매일 조금씩 회복되는 것을 느끼며 지냈다. 부모님이 살고 계시는 작은 아파트에 얹혀 살면서 부모님의 보살핌으로 건강이 많이 회복되어 가고 있었다. 당시 부모님은 매 주일마다 콜럼버스에 위치한 조그만 한인교회에 가서 국제결혼 한 여성들을 위한 사역을 하셨다. 한번은 부모님께서 금, 토, 일, 사흘간 일정으로 다른 주로 사역을 가셔서 나 혼자 집에 있게 되었다.

'그렇게도 다짐을 하고 결심을 했건만······.'

나를 뒤흔드는 마약의 유혹을 뿌리치지 못하고 나는 또 마약 앞에서 넘어지고 만다.

비가 억수같이 왔던 날이다. 하루 종일 비가 엄청나게 쏟아졌다. 어디서 물이 새었는지, 방바닥에 물이 흥건했다. 분명히 내 눈으로 그 광경을 보았다. 그런데도 방바닥에 흥건히 고인 물을 닦아내려는 생각도 없고 의지도 발동하지 않았다. 게다가 엄지손가락을 면도칼에 베여 피가 바닥에 뚝뚝 떨어지는데도 나는 오직 약에만 정신이 팔려 상황에 대처하는 능력도 상실 된, 한마디로 상황판단을 전혀하지 못했다. 동시에 얼굴 근육에 마비가 오기 시작했고 알 수 없는 불안과 공포에 시달리게 되었다. 온 방에 커튼을 다 치고 밖을 경계하며 불안에 떠는 연속 동작이 계속되었다.

부모님과 함께 지내면서 어렴풋이나마 하나님의 빛이 내 삶에 들어오는 것을 느꼈다. 그러나 그때는 나만 너무나 불쌍하고, 나만 너무 힘들고, 나만 너무 아프고……. 그렇게 '나만, 나만'이라는 깊은 자기연민에 빠져 있었다. 나를 바라보시며 다가오는 하나님을 만나게 되는 찰나였는데 안타깝게도 그 사랑을 받아들이지 않았다. 나는 내 갈 길로 갔고 또 나는 철저히 망가졌다. 돈이란 돈은 모두 약을 사는 데 썼다.

마약은 좀처럼 나를 내버려 두지 않았다. 어렵사리 다시 찾아온 가족 품에서 이제 절대로 마약은 안 하고 새 출발을 하리라 몇 번이고 강하게 다짐을 했었던 나였다. 그러나 나는 또 다시 마약의 노예가 되어가고 있었다. 건달들과 어울리게 되었고, 술집을 드나들게 되었고, 마약을 하고 싸움질을 하고 그렇게 벗어나고 싶었던 진흙탕에 다시 넘어져 뒹구는 신세가 되었다. 총기를 구입하여 늘 갖고 다녔다. 만약의 경우를 대비해 나를 위해서 친구를 위해서 언제든 총을 쏠 준비를 하고 있었다. 브레이크가 없이 달리는 자동차처럼, 그 누구도 심지어 부모형제도 나를 말릴 수 없었다.

어느 날 누군가 나에게 은밀히 다가오더니 청부 살인 해 줄 것을 의뢰했다. 겉으로 표현을 안 했지만, 나는 그 제의를 받고 엄청난 충격을 받았다. 그래도 명색이 내가 목사의 아들인데 이런 의뢰를 받게 되다니 기가 막혔다. 내가 마약을 하고 싸우긴 해도 절대로 해서는 안 될 일들에 대한 나름대로의 철칙은 갖고 있었다.

'나 보다 약한 사람에게 피해를 주지 말 것, 사람을 죽이는 일은

절대 하지 말 것.'

비록 내가 부정한 일들을 할지라도 이러한 기본수칙은 절대적으로 지켰다. 그러나 이것 역시 어둠속에서 정당성을 찾으려 했던 나의 어리석음이었음을 시간이 지난 후에야 깨닫게 되었다.

마약을 하게 되면서 멕시칸 딜러들을 알게 되었다. 마약이 있는 곳에 늘 싸움과 폭력이 있어 어려운 상황을 많이 겪게 된다. 한번은 나랑 함께 지내고 있던 '빼빼'라 불리는 덩치가 아주 큰 친구랑 술집에서 얘기를 하고 있었는데 평소에 감정이 서로 좋지 않았던 어떤 사람이 시비를 걸어왔다. 나는 정말 싸움에 말리기 싫어서 피하려고 했지만 그 사람은 일방적으로 말싸움을 걸어오고 욕하고 격분하기 시작했다. 빼빼가 그 사람을 제지하려고 하자 상대방이 갑자기 공격을 해댔다. 나는 눈치 빠르게 재빨리 잘 피했지만 그 친구는 칼을 맞고 쓰러졌다. 피 흘리며 고통을 호소하는 친구를 부둥켜안고 911을 불렀다. 나는 가만히 있을 수가 없었다. 친구를 병원에서 치료 받게 하고 나는 즉시로 우리를 공격했던 사람의 집으로 문을 박차고 쳐들어갔다.

"너 사람 잘못 봤어, 다시는 절대 이런 짓 하지 마. 다음번엔 너 죽어"

이렇게 위협을 했다. 이 사건 이후로 나는 제법 멕시칸들 사이에서 존재감이 있는 멤버가 되었다. 멕시칸 친구들은 대개 끈질기고 집요한 성향이 있어서 상대방과 마찰이 생기면 극단적인 상황까지 가는 일이 자주 있었다. 동시에 나는 어떤 지역을 관리하는 흑인 친구와 특별한 관계를 맺으면서 여러 가지 일에 관여하게 되었다. 가끔씩 멕시칸 딜러들과 흑인 딜러들과 다툼이 생길 때가 있는데 그럴 때마다 내가 중간 역할을 잘 해줘서 큰 싸움으로 확대되지 않도록 해결한 일이 적지 않았다.

자신에게 투여할 약을 사기 위해 거리에서 약을 파는 아이들의 삶은 정말 비참하다. 여자들은 단돈 10달러에 몸을 내 던진다. 그들은 약을 위해서라면 무엇이든 한다. 약을 구하기 위한 돈을 마련하려고 거짓말과 강도 짓은 서슴지 않고 한다. 마약에 절은 아이들의 이빨은 다 썩어 내려앉고, 몸에서는 심한 악취가 난다. 하루에 겨우 감자튀김 하나로 때우면서도 마약의 충동은 도저히 멈출 수 없다.

어떤 아이가 100달러만큼 약을 구입한다고 하면(대부분은 외상으로 받는다) 그 약을 다른 물질과 섞어서 150달러에서 200달러를 받을 수 있을 만큼 양을 불린다. 이렇게 조제된 약을 팔아서 외상값을 지불하고 남은 돈은 자기의 것이 되기 때문에 그 돈으로 약을 산다. 이런 악순환이 계속 되다보면 결국 외상으로 받은 약을 자신이 다 해버려서 돈을 갚지 못해 죽음에 이르는 상황에 처해버리고 만다. 그들의 정신이 온전하지 않기 때문에 예상치 못하는 사건과 사고들이 늘 발생한다.

실제로 나와 잘 지냈던 한 친구가 느닷없이 자기 약을 어떤 사람이 훔쳐 갔다고 오해하면서 총으로 사람을 쏴 죽였다. 그는 마약을 한 상태로 환각 상태에 있었기 때문에 온전한 사고를 하지 못해서 일어난 끔찍한 사건이었다.

그런데 참 희한하게도 마약 중간 판매책 이상은 대부분 약을 하지 않는 경우가 많다. 이들은 순전히 돈에만 관심이 있기 때문에 남의 영혼이 망가지든 말든 상관하지 않는다. 중간 판매책 위에 있는 사람들은 정말 좋은 차에 빛깔 번쩍한 액세서리에 자신을 치장하며 좋은 집에 산다.

정말 부끄러운 고백이다. 내가 애틀랜타에 살면서 여러 사람들에게 금전적인 피해를 입혔다. 약 때문에 나는 수단과 방법을 가리지 않고 무슨 수를 써서라도 돈을 만들어야했다. 돈이 너무나도 절실하던 때 나에게 너무나 솔깃한 제안이 들어왔다. 거슬리는 사람을 쥐도 새도 모르게 죽여만 주면 거액을 지불하겠다는 의뢰였다.

그러나 천만다행으로 나는 그 끔찍한 선택을 하지 않았다. 아무리 돈이 궁해도 사람의 생명을 건드리지 않은 것이 지금 생각해도 감사할 뿐이다.

'만약 그 순간 내가 잘못된 선택을 했다면 지금쯤 나는 어떻게 살고 있을까?'

어쩌면 지금까지 나는 교도소에 갇혀 지난날을 후회하며 지내고 있을지도 모른다.

　내가 한동안 몸 담고 있던 어둠의 세계는 돈이 권력이자 우상이었다. 내가 약을 하기 위한 돈벌이 수단으로 주변의 친한 사람에게 약을 소개하면서 악의 고리가 형성된다. 누군가 던진 약의 미끼를 덥석 물게 되면 단 한 번의 투약이라도 빠져나오기가 정말 어렵기 때문에 나의 고정 고객이 되는 것이다. 이렇게 서로 살을 뜯어 먹는 공생의 관계가 이어지면서 모두 마약의 끝인 죽음으로 내몰리게 된다. 자신도 모르게 점점 더 많은 용량, 더 강한 마약을 갈구하게 되고 결국에는 약물과다 심정지로 자신이 죽는 것도 모른 채 허망하게 생을 마감하게 된다.

　나 역시도 그런 삶을 살았다. 점점 망가져가는 나의 모습을 바라보면서도 어떻게 도와 줄 방법도 모르고 속만 까맣게 태운 분들을 떠올리면 내 마음도 찢어지듯 아파온다. 그러나 나는 그렇게도 고마운 사람들에게 조차 거짓말로 속여 돈을 뜯어냈다. 지금 생각해 보면 정말 미안하고 죄송한 마음뿐이다. 어떤 분은 나를 붙잡고 울며 애원하기까지 하셨다. 내가 절대로 나쁜 사람이 아니니 제발 돌아오라고……

　그러나 그때 당시에 나는 아무것도 보이지도 않았고 들리지도 않았다. 그저 돈만 얻어내고 싶었다. 마약을 하기 위해서. 약으로 망가진 나의 겉모습을 보고 판단하지 않고, 나의 인간적인 나약함을 가엾게 여기고 따뜻한 사랑으로 나를 품어 주시던 분들에게 진심으로 감사의 마음을 전하고 싶다. 나는 사랑의 빚을 어마어마하게 많이 졌다. 그분들이 나를 보며 아파하셨을 그 마음을 이제야 조금이나마 헤아릴 수 있을 것 같다. 내가 중독에 빠진 형제들을 바라보며 피눈물을 흘리는 심정으로 아파하는 그 마음을.

하루는 엄마가 평소 모습과 다르게 진지하게 다가오셔서 얘기를 건네셨다.

"이 돈을 너한테 줘야 할지 말아야 할지 모르겠다."

어렵게 이 말을 꺼내시며 우셨다. 나는 그런 엄마의 마음도 헤아리지 않았다.

"엄마, 그냥 줘"

나는 그 돈을 낚아채고는 나가서 바로 마약을 했다. 나는 부끄러움도 잊은 채, 내 주변의 모든 지인들에게 거짓말을 해가며 돈을 뜯어내기 시작했다. 그렇게 나는 부모님 마음에 대못을 박고, 해서는 안 되는 짓들을 하면서 더욱 피폐하게 살아갔다. 더 이상 부모님 집에서도 살 수 없게 되어 멕시칸들이 모여 있는 변두리의 싸구려 아파트에서 지내게 되었다. 그곳에서도 나는 완전히 쓰레기였다. 한마디로 사람의 모습이 아니었다. 가장 밑바닥에 사는 사람들을 이용해서 나의 욕구를 채웠다. 그래도 참 놀라운 일은 가끔씩 다 망가진 싸구려 키보드를 연주하며 노래할 때면 여기저기서 어린아이부터 어른들까지 다 나와 신나게 몸을 흔들어 댔다. 그렇게 소리 지르고 싸우던 사람들도 언제 싸웠냐는 듯 다 같이 박수치고 노래하며 춤을 추었다.

한번은 히스패닉들이 모여 사는 빈민촌 아파트 근처 작은 공원에서 재능기부 공연을 하게 되었다. 그곳 주민들 대부분이 약물 중독과 이웃들의 잦은 범죄로 몸과 마음이 고달픈 삶을 살았다. 정말 그곳은 어둡고 모든 것이 침울했다. 생기라는 것이 느껴지지 않았다. 나는 라틴음악을 잘 연주했기에 내가 라틴풍의 곡을 연주하면 좀비 같았던 사람들도 리듬에 몸을 맡기고 조금씩 몸을 흔들어 가며 노래를 부르기 시작한다. 남녀노소 할 것 없이 모두 다 박수치며 춤을 추며 세상의 모든 아픔과 근심을 다 털어내었다. 그 시간만큼은 세상 근심을 다 잊은 듯 정말 행복한 표정으로 축제를 즐겼다. 그 공연 이후로 주민들은 나를 매우 특별한 사람으로 여겼다. 나도 그들과 같은 약쟁이지만, 그들에게 기쁨을 선물할 수 있다는 마음에 그 순간만큼은 나도 참 행복했다. 아마도 그들의 눈에 비친 내 모습은 정말 멋지고 사랑스러워 보였지 않을까 그런 생각이 든다.

이제 내 주변의 사람들 모두가 나의 상태를 알게 되었다. 나는 더 이상 음악인이 아니고 '약쟁이(Junkie)'라 불렸다. 한때는 사람들의 기대를 한 몸에 받은 적도 있던 유망한 음악인이었는데……. 한국 대중음악에 새로운 바람을 일으킬 것이라고 칭찬과 기대를 받았는데 나는 완전히 망가졌다. 의식도 흐려지고 판단력도 없고 몸무게도 많이 줄어 들었다. 몸에 이상이 오기 시작했다. 가끔씩 숨을 쉬기가 어려워졌다. 몸이 심하게 저려서 스스로 일어날 힘도 없었고, 머리가 어지럽고 구토 증세도 날이 갈수록 심해졌다.

'아, 내가 이렇게 죽어가는구나'

죽음이 가까이 오는 것이 느껴졌다. 내가 지을 죄 다 지은 것을 뻔히 알면서도 이상한 심보가 생겼다. 내 신세가 너무 불쌍하고 너무 억울했다. 건강하게 잘 사는 사람들이 괜히 미워졌다. 내 모든 상황이 인생의 마지막을 향하는 것 같았다. 피를 토하기 시작했다. 기침을 할 때마다 가슴이 바늘로 찔리는 것 같은 엄청난 고통이 따라왔다. 그 고통은 이루 말로 다 할 수 없을 정도로 아팠다. 오죽했으면 약쟁이가 약을 못할 정도의 고통이었다.

함께 지내던 친구가 대형 사고를 쳐서 나도 연류가 되어 몸을 피할 수밖에 없는 상황이 되었다. 그래서 어쩔 수 없이 셋째 형이 살고 있는 댈러스로 나는 거처를 옮기게 되었다.

다시 댈러스로

:

댈러스, 이미 내게 익숙한 곳이지만 좋은 기억은 별로 없다. 예전 휴스턴에 살면서 자주 왕래했던 곳이기도 했고 한동안 지냈던 곳이기도 했다. 이곳에서도 역시 나는 많은 사건과 엮이고 문제를 많이 일으켰다.

마약이 있는 곳에는 늘 문제가 있기 마련이다. 쉽게 돈 벌려고 마약을 부추기는 딜러들, 환각을 지속하고 싶은 중독자들 모두 다 불법을 행하는 사람들이기 때문에 온갖 사건 사고가 늘 있었다.

댈래스에서 알게 된 내 친구, P는 나보다 6살이나 많은 운동선수 출신이었다. 참 정이 많고 늘 상대방을 배려하는 마음이 있는 친구여서 그와는 대화가 잘 통했다. 물론 P도 나와 같이 마약을 하는 친구였다. 그와 약을 함께 하면서 싸울 때도 많았지만 내 마음에 담아 둔 유일한 친구였다.

한번은 다른 주(state)에서 온 조직원들과 치열하게 큰 싸움을 하게 되었다. 피할 수 없는 싸움이었다. 나는 죽기를 각오하고 정면으로 맞서 싸웠다. 거의 죽음 직전까지 갈 정도로 매 맞았다. 하도 맞아서 숨도 잘 안 쉬어지고 내 안의 모든 기력이 소진되어갔다. 내 몸은 마치 걸레처럼 축 늘어져 쓰러지던 찰나, 바로 그때 덩치가 크고 우락부락하게 생긴 상대의 센 주먹을 한 방 먹고 나는 나가 떨어졌고 가슴에 큰 상처를 입게 되었다. 옆에서 싸우던 P가 피 흘리는 나를 보고는 911에 신고를 했다. 다행히 바로 구급차가 도착해서 나는 들것에 실려 병원에서 수술 받고 며칠간 입원치료를 받았다. 회복하는 데 2주 이상의 시간이 필요하다고 했다. 나는 P의 집에서 지내면서 마약을 의지해서 극심한 고통을 버텨냈다. 이런 상황 가운데서도 내 자존심에 가족들에게 만큼은 알리고 싶지 않았다. 물론 부모님 생각이 많이 났지만 나의 이 못난 모습은 절대 보여 드리고 싶지 않았다.

이 끔찍한 사건 이후로 내 친구 P는 스스로 '약물중독재활센터'에 들어가 치료를 받기로 결심했다. 워낙 건강한 체질을 타고났는지, 해독을 하고 약을 중단하니 완전 딴 사람처럼 보였다. 내 친구가 정말 맞나 싶을 정도로 그렇게 멋있어 보였다. 그는 곧 좋은 여자를 만나 가정을 이루고 사업을 하면서 안정적인 생활을 이어갔다.

그는 늘 나의 안부를 물어보고 진심으로 걱정하며 나를 안타까워했다. 내가 죽음직전 사경을 헤맬 때 부모님이 계신 곳까지 갈 수 있도록 항공권을 사준 정말 고마운 친구이다.

사정이 생겨서 나는 그 친구의 후배 집에 잠시 머무르게 되었다. 그런데, 이게 웬일인가? 그 후배가 나를 능가할 정도로 심한 약물 중독자였다. 나는 그의 아파트에서 아예 밤낮을 가리지 않고 약을 해대기 시작했다. 정말 헤어 나오기 어려운 지경이 되었다.

'도대체 나는 왜 가는 곳마다 이런 환경이 만들어지는 것일까?

내 몸이 어느 정도 회복이 되자 나는 '하우스(마약을 하는 일종의 모임 방 같은 곳)'를 들락거리기 시작했다. 내 마음에 담아 둔 유일한 친구도 나를 떠났고 결국 또 다시 마약만 내 곁에 남았다. 그나마 하우스에는 함께 마약을 할 수 있는 친구라도 있었다. 마약을 대체할 만한 다른 위안거리가 없었다. 혼자 마약을 하는 것 보다 마약을 하는 친구들과 어울려 하는 것이 차라리 덜 위험할 것 같아 갈망이 올라올 때면 습관처럼 하우스를 갔었다.

지금 떠올려도 소름이 끼치는 사건을 경험하게 되었다. 지인의 차를 빌려 타고 다운타운에서 숙소로 돌아가는 길에 사고가 났다. 상대방 차가 신호를 무시하고 내 차를 심하게 들이받았다. 순간 나는 정신을 잃었다. 누군가 소리치는 시끄러운 비명소리에 정신을 차리고 눈을 떴는데, 내 눈 앞에 덩치가 큰 흑인 여성이 껑충껑충 뛰면서 큰 소리로 막 외쳐대고 있었다.

"저 사람이 내 동생을 죽였어! That guy killed my brother!"

나는 도무지 이 상황이 현실인지 꿈인지 혼란스러웠다. 머리가 어지럽고 띵해서 일어날 수 없었다. 잠시 후 사이렌 소리가 요란하게 울렸고 경찰이 나에게 다가왔다. 그 경찰관이 나에게 괜찮은지 물어 보고는 잠시 차에 앉아 있으라고 했다. 잠시 후에 다시 나에게 왔을 때 내가 따지듯이 물었다.

"초록불인데 멈춰야 되나요?"

경찰이 잠시 고개를 갸우뚱하더니 상대방 운전자와 이야기를 했다.

결론은 상대방 운전자가 음주 운전을 했고 빨간불에 멈추지 않고 달리다가 뒷좌석에 타고 있던 그녀의 동생이 죽은 정말 어이없는 황당한 사고였다. 잠시 후 경찰이 다시 내게로 오더니 나에게 운전면허증을 보여 달라고 요구했다. 순간 나는 면허증을 갖고 있지 않은 것을 떠올렸고 그 다음 어떤 일들이 생기게 될지 직감적으로 알았다. 그 짧은 순간에 나는 머리를 굴렸다.

'그녀가 음주 운전을 했고 빨간불인데도 달려와 내 차를 들이 받았지, 전적으로 그녀의 잘못이다.'

그러나 내가 면허증을 제시하지 못한다면 나에게 불리한 상황이 펼쳐질 것이 너무나 명백했다. 나는 머리를 붙잡고 어지럽고 아프다며 호소를 하는 연극을 했다. 제법 먹혔는지 경찰관이 당황해 하며 구급차를 불러줄까 물어봐서 나는 얼른 그게 좋겠다고 대답하고는 계속 고통스러운 척을 했다. 곧 바로 구급차가 와서 나는 병원으로 실려 가게 되었고 내가 운전했던 차주와 연락을 해서 보험회사가 일을 처리할 수 있도록 조치를 취했다.

그 사고는 다음 날 뉴스에 나올 정도로 이슈가 되었고 사고를 낸 운전자는 무거운 죄명으로 구속이 되었다. 그 뉴스를 보고 내 맘이 편치 않았다. 더 아찔한 사실은 당시 내 주머니에 3그램 정도 되는 마약이 있었던 것이다. 병원 응급실에서 치료를 받고 퇴원하자마자 택시를 타고 숙소에 돌아와서는 바로 약을 했다. 그런 상황에서도 약은 내게 우선순위였다. 사고 이후 나는 더 이상 댈러스에 머물 수 있는 상황이 안 되었다. 결국 다시 지옥 같은 LA로 가게 되었다.

더 깊은 나락으로 떨어진
LA에서의 삶

다시는 오고 싶지 않았던 LA로 돌아온 이후 나는 '중독의 절정'에 이르게 된다. 내 인생에 있어 가장 추하고 부끄럽고 악한 삶을 살았다고 감히 말을 할 수 있을 정도로 나는 마약의 중독을 넘어 마귀와 같은 삶을 살았다. 더 이상 나를 상대해 줄 사람도 없었다. 가까운 형이 나에게 충고를 해도 나는 권총을 들이대며 달려들 정도로 판단력이 흐려져 있었다. 한 사람씩 나에게 멀어져 갔고 사람들은 나를 기피하기 시작했다.

혼자 방 안에서 온종일 마약을 하며 알 수 없는 수많은 악한 영적 존재들과 싸워야 했다. 숨이 쉬어지지 않아 바닥을 데굴데굴 구르며 고통에 몸부림치다 기진맥진 상태로 잠이 들기 일쑤였고 하루에 3갑 이상 피우는 담배로 가슴은 저리고 아팠지만, 고통스러운 통증을 가라앉히기 위해 독한 술도 물마시듯 매일 부어 마셨다. 철저히 나는 혼자였다. 정말 너무 아팠다. 난 마약 앞에 처참히 무너지고 망가진 삶을 살았다. 도를 넘은 약 때문에 모든 상황 판단이 아예 제대로 되지 않았다. 정상적인 사고를 할 수 없었기에 말도 안 되는 수많은 사건 사고를 겪게 되었다. 당시 내 목숨은 바람 앞의 위태로운 촛불과 같았다. 언제 죽어도 전혀 이상할 것이 없는 그런 하루하루를 살아갔다.

어느 날 운전하고 어디를 가고 있었는데 갑자기 땅이 흔들리더니 지진이 났다. 차가 조수석 쪽으로 심하게 기우뚱 기울어져서 나는 얼른 차에서 내려 바닥에 웅크리고 앉았다. 그리고 잠시 후, 여기저기서 자동차 경적 소리가 요란하게 울려 퍼졌다. 놀란 가슴을 쓸어내리고 정신을 차리고 일어나 보니 내 차가 많은 차들의 길을 가로막고 있었다. 지진이 아니었다. 나 혼자만 지진이라고 착각하고 그런 행동을 한 것이었다.

또 다른 이상행동은 다른 주에 사는 친한 형이 왔다는 얘기를 듣고 형이 머물던 22층 고층 호텔방에 방문했을 때였다. 도착한지 얼마 되지 않아 갑자기 건물이 흔들려서 나 혼자 급히 호텔 아래층으로 정신없이 뛰어 내려갔다. 곧 바로 나 혼자 이런 행동을 한다는 것을 알아차렸다.

이러한 나의 이상행동은 한번으로 그치지 않고 잇달아 발생했다. 평소에 잘 지내던 형과 대화중에 느닷없이 권총을 빼어들어 공격을 했다. 어이가 없는 상황에 영문도 모른 채 그 형은 나를 진정시키려고 안간힘을 썼지만 도무지 나를 달랠 방법을 찾지 못하고 그자리를 피해 도망갔다. 그 순간 내 눈에 그 형이 적으로 보였고 꼭나를 해칠 것만 같아서 나도 모르게 그런 행동을 한 것이다.

나는 더 이상 정상적인 생활을 할 수 없는 지경에 이르게 되었다. 내 인생의 모든 것이 틀어졌다. 사고도 정지되고 무언가 하려는 의지도 상실되고 부끄러움조차도 뭔지를 모르게 되는, 그야말로 나는 '쓰레기(junkie)'가 되어 버렸다. 나 홀로 바닥에 머릴 박고 울기도 많이 울었다. 너무 아팠다. 내 곁에 아무도 남지 않았다. 나를 지켜주려고 했던 많은 사람들조차도 내가 거부했고, 내가 피했다. 그럼에도 불구하고 나는 사람들로부터 외면 당하고 거부 당했다는 아픔에 내 마음은 슬픔으로 가득 차 있었다. 마치 억울한 일을 당해 울고불고 떼쓰는 어린아이처럼…

'왜 나만 이렇게 망가져야 되는 거야? 같이 죽어야지.'

이렇게도 사악한 생각이 나의 정신을 지배하기 시작했다. 매 순간 나는 죽고 싶다는 생각이 들었고 죽음 외에 다른 어떤 것을 기대할 수가 없는, 이미 죽은 사람이었다.

'누가 마약은 즐거운 것이라 했나?'

'누가 마약을 하면 기분이 좋아진다고 만들었나?

다 거짓말이다.'

어느 날 나는 죽음을 느낄 수 있었다.

'아, 죽겠구나.'

그동안 살면서 숱한 죽음의 고비가 있었는데도 그 날은 정말 죽음의 그림자를 온 몸으로 느낄 수 있었다.

'내가 이렇게 죽을 수는 없잖아? 너무 억울하잖아.

내 영혼이 너무 불쌍하잖아. 이렇게 허무하게 갈 수는 없잖아.'

내가 한없이 불쌍하게 느껴질 그때였다. 내 마음에 문득 부모님께로 가고 싶은 마음이 들었다. 그런데 내 주머니에는 1달러도 없었다. 아무도 내게 돈을 줄 사람은 없었다.

LA에서의 마지막 사건

·
·
·
·

마약 중독이 더욱 심해지고 내가 필요한 만큼의 마약을 충당할 수 없게 되자 나는 마약을 팔게 되었다. 거리에서 파는 수준이 아니라 지역을 대상으로 하는 판매책이 되었다. 수도 없이 죽는 순간을 경험해야 했다. 멕시코 갱단에 잡혀서 몸이 으스러지도록, 입술의 살점이 전부 밖으로 튀어 나올 정도로 얻어 터지기도 했고 머리에 수도 없이 총구가 겨냥되기도 했다.

LA에서의 나의 생활은 정말 죽음 그 자체였다. 자존심이고 뭐고 다 버리고 길거리에서 약 하나를 구하기 위해 서성거리고 다녔다. 그런 비참한 몰골로 다니는 나를 봤다는 사람들이 하나 둘 씩 생겨났다. 많은 지인들이 가슴 아파하고 나를 불쌍히 여겼지만, 그것은 철저히 나 자신만의 문제였기 때문에 그 누구도 나를 도와줄 수 없었다. 그것이 가장 가슴이 아팠다.

한 번은 나를 사랑하는 선배가 보자고 해서 나갔었다.

대화중에 총을 꺼내 탁자에 두고는 이렇게 말했다.

"약을 할래? 아니면 여기서 죽을래?"

그 선배는 갱단에서 아주 유명한 사람으로 나를 친동생처럼 참 아껴주었고 수시로 나의 안부를 물어본 형이었다. 나는 그 누구보다 형의 진심을 잘 알고 있었다. 형이 정말 안타까운 마음으로 나에게 호소하듯 말했다.

"너는 참 안 어울리는 삶을 살고 있다. 아빠도 목사님이고 피아노도 잘 치고. 너 피아노 칠 때 천사 같은데."

난 그 때 형에게 이렇게 대답했다.

"형, 내가 정말 이 약을 하고 싶어서 한다고 생각해?

형은 지금 내가 이 약을 안 끊고 싶어 하는 것 같아?"

오히려 내가 큰소리를 질렀다.

"좋아, 쏴 바!

내가 먼저 당겨버리기 전에 형은 좀 가만있어.

알지도 못하면서, 형은 약 안 하니까 모르잖아!"

그 때 형은 총을 내려놓고 나를 와락 안아주며 이렇게 말했다.

"너를 보니 마음이 너무 아파서 그래, 임마.

넌 좀 다르잖아 아빠도 목사님이고,

넌 얼마든지 훌륭한 삶이 보장되어 있는 놈인데

아무리 봐도 넌 이 길이 아니다."

그 날 저녁 한참을 부둥켜안고 울었다.

내 마음이 답답할 때마다 홀로 차를 몰고 나가 고속도로를 시원하게 달린다. 그러면 어느새 깊은 숨이 쉬어지는 것 같은 가슴 뻥 뚫린 느낌이 들고 기분이 한결 좋아진다. 내가 가장 좋아하는 드라이브 코스는 LA에서 조금 떨어진 산타 모니카 고속도로를 타고 샌프란시스코까지 쭉 이어지는 긴 여정이다. 장장 8시간에 걸쳐 눈앞에 펼쳐지는 아름다운 바다의 광경은 나의 모든 고뇌를 잊기에 충분하다.

그 날도 아무도 없는 새벽 시간에 나 홀로 그곳을 갔다. 늘 내가 가던 그곳, 바위처럼 솟은 지점에 주차를 하고 절벽 아래를 내려다보았다. 무서울 정도로 새까만 바다가 파도를 치며 날름날름 혀를 내밀 듯 내게 다가오는 것 같았다. 절벽 아래로 일렁이는 파도가 너무나도 거세서, 만약 내가 아래로 떨어진다면 파도에 휩쓸려 흔적조차 없어질 것만 같았다. 한참을 이런저런 생각을 하며 멍하니 바다를 바라보며 서 있었다. 얼마나 시간이 흘렀는지도 몰랐다. 갑자기 피로감이 몰려와서 바위에 걸터앉아 약을 했다.

그런데 갑자기 누군가가 내 귀에 대고 말하는 것이 아닌가!

"뛰어, 지금 바로 뛰어 내려!"

"너, 여기서 멋있게 죽어! 그러면 너를 손가락질 하고 떠났던 사람들이 너를 되게 불쌍하게 여기고 오히려 그리워하며 너를 기억할 거야."

도대체 이해할 수 없는 생각들이 머리에 떠올랐다. 정말 누군가 내 귀에 대고 말하는 것을 나는 분명히 들었다. 그 순간 너무나 신기하게도 그 무섭게 느껴졌던 바다가 내 눈에 너무 평안한 곳으로 보였다. 마치 나는 어떠한 힘에 이끌리듯 무슨 환상을 보는 것 같았다. 넓고 잔잔한 바다의 품으로 뛰어 들면 모든 것이 다 편안해 질 것만 같은 마음이 생겨서 정말 바다로 뛰어 들고 싶었다. 벼랑 끝에서 한 발짝만 떼면 바다에 빠질 찰나, 바로 그때였다.

갑자기 어떤 환한 빛이 내 뒤에서 비취는 것 같아 나도 모르게 뒤를 돌아보게 되었다.

"실례합니다, 괜찮아요? Excuse me sir, are you ok?"

경찰이 순찰 중에 나를 발견하고는 손전등 불빛을 비추고 내게 말을 건넨 것이다. 아찔한 순간에 극적으로 나는 살아나게 되었다. 어쩌면 몇 초만 늦었어도 그 깜깜하고 무서운 파도에 휩쓸려 비참하게 나는 죽음을 맞이했을 것이다.

'그 경찰, 혹시 하나님이 내게 보내신 천사가 아니었을까?'

해도 해도 안 되는 나를 보며 삶의 끈을 놓고 싶다는 생각이 들었다. 나에게 어떤 기대도 없고 소망도 없었다. 이제는 정말 나의 생명을 끝장내고 싶었다. 마음을 단단히 먹고 약을 한 움큼 집어 삼켰다.

며칠이 지났을까 ……. 눈이 떠졌다. 어찌된 영문인지, 분명히 죽었어야 하는데 또 숨이 붙어 있는 것이다. 피를 토하며 내 안에 있는 모든 액체가 다 쏟아져 나왔다. 너무나 고통스러웠다. 나는 또 고독한 싸움을 철저히 혼자 치러야 했다.

누가 나를 잡으러 온다는 거짓 환각에 빠져 혼자서 이 동네, 저 동네를 누비며 하루 종일 도망만 다녔다. 온종일 쫓기며 돌아다니다 몸 어디 한 군데 성한 곳이 없을 정도로 피멍이 들고 피가 나고 결국 진이 빠져서 더 이상 다닐 수 없게 되면 온 몸의 근육통 때문에 며칠을 끙끙 앓아 눕는다.

도저히 이런 삶을 견딜 수가 없어서 이번에는 확실히 죽으려고 최후의 수단으로 권총을 장전하고 머리에 방아쇠를 당겼지만, 9mm 총알이 불발되어 안 죽었다.

'어떻게 이런 일이 일어날 수 있을까?'

멀쩡하게 잘도 작동하는 총이었는데.

방아쇠가 제대로 작동 되었다면 나는 이미 이 세상 사람이 아니었을 것이다. 나는 그 때 알았다.

'나는 죽은 목숨이다.'

일일이 다 말할 수 없지만, 나에겐 죽을 수밖에 없었던 상황들이 셀 수 없이 많았다. 눈을 뜨는 것이 괴로웠다. 또 하루를 살아 내야 하는 것이 너무 버거웠다. 산다는 것이 너무 아프고 지치고 힘들었다. 숨을 쉰다는 것이 더 이상 아무런 의미가 없었다.

마약을 끊으려고 내가 할 수 있는 모든 방법을 다 동원하고 수많은 결단을 하고 몸부림을 쳐도 절대로 마약의 손아귀에서 벗어날 수 없었다. 밤새 마약을 하고 너무 지쳐서 쓰러져 기절을 했고 다시 깨어났을 땐, 이미 내 손에 마약이 쥐어져 있었다.

마약의 시작은 기쁨을 더 강하게 느끼고 싶어서 했는데, 하지만 결국에는 공포, 의심, 환청, 악마, 짐승, 귀신 등 존재하는 온갖 더러운 것들과 죽음을 넘나들며 싸워야 하는 강력한 영적 전쟁 한가운데로 내몰리게 된다. 어느 순간부터 나는 하루 24시간 쉬지도 못하고 뱀과 싸워야 했고, 정체 모를 어떤 존재로부터 공격을 받고 피해 다녀야 했다. 마약을 하면 이런 고통이 따라온다는 것을 뻔히 알면서도 마약을 멈출 수가 없었다.

나의 경우에는 뱀이 나를 지독하게 괴롭혔다. 바지 속에서, 침대 밑에서 옷장 속에서 징그러운 뱀들이 여기저기서 기어 나왔다. 코브라처럼 대가리를 쳐 올리고 혀를 날름거리며 나를 노려보는 누런 뱀의 괴기한 소리는 내 귀 고막을 때려서 머리가 깨질 듯 아팠다. 심지어 맞은편 집 지붕 위에서 또아리를 튼 거대한 뱀이 나를 노려보고 있어서 종일 나를 꼼짝 못하게 했다. 그런데 짧은 시간이지만 내 정신이 좀 온전해져서 정신을 차려 보면 나를 그렇게 괴롭히던 뱀이 구불구불한 전화선이고 나를 무섭게 노려보던 뱀은 앞집의 빨랫

줄이고…….

　그 누구도 알 수 없는 나만이 느끼는 극심한 그 공포는 정말 말로 표현할 수가 없다. 길을 걷다가도 갑자기 지진이 난 것처럼 땅이 흔들리며 갈라진 틈새로 형체를 알 수 없는 기분 나쁜 형상들이 튀어나와 나를 공격한다. 아마도 지나가던 사람이 나의 이런 이상행동을 보았다면 분명히 나를 미친 사람으로 여겼을 것이다. 나 혼자 어떤 존재와 얘기하듯 중얼거리고 불안정한 행동을 하며 점차 현실과 현실이 아닌 세계를 구분하지 못하게 되었다.

　정말 오랜만에 내 친구가 나를 보려고 내 집에 방문하기로 한 날이었다. 설레는 마음으로 기분 좋게 친구를 기다리고 있는데 환청이 들려왔다. 그 소리가 어찌나 시끄러운 지, 바로 옆에서 말하는 것 같이 들렸고 실제상황 같았다.

　"그 친구가 너를 죽이려고 오는 거야."

　이 말을 듣고 나는 갑자기 돌변했다. 내 마음은 이제 두려움과 긴장감으로 뒤덮였다. 얼른 허리 뒤춤에 장전된 권총을 차고 친구를 맞이했다. 만일 조금이라도 수상한 낌새가 보이면 내가 먼저 총을 쏠 심산이었다. 그 친구는 진심으로 나를 아끼고 생각해 주는 유일한 친구였다. 그는 무슨 수단과 방법을 쓰더라도 나를 마약으로부터 구출하기 위해 애썼다. 마지막까지 내 손을 놓지 않던 단 한 명의 친구였는데, 당시 나는 환청 때문에 그 누구도 믿을 수 없었다. 현실

세계와 가상의 세계가 혼재되어 모든 것이 혼란스러웠다.

언젠가부터 '저주'라는 감정이 내 맘 속에 자리 잡기 시작했다. 딱히 이유는 없었다. 그냥 행복하고 건강하게 잘 사는 사람들이 미워지기 시작했다. 미운 마음과 나쁜 마음이 내 안에 차곡차곡 쌓이기 시작했다. 나만 불행한 것 같고 나만 불쌍하게 느껴졌다.

'난 왜 안 되지? 이거 하나 내가 못 이기나?'

어린아이처럼 엉엉 울며 내 마음의 전쟁을 피터지게 치루지만, 난 늘 패배자였다. 아무리 결심을 하고 울부짖고 별짓을 다 해봤지만, 난 여전히 마약을 멈출 수 없었다.

약에서 깨고 나면 밥을 10인분이나 해 가지고 오이김치 반찬 하나로 배가 터지도록 그 밥을 다 먹는다.

'그 영혼이 얼마나 불쌍한가!'

그 때 난 또 다짐을 한다.

"난 다시는 마약을 안 할 거야, 정말 나 안 해, 이번 기회로 끊을 거야."

········· 4부 ·········

또 한 번의 기회

"Hey, what do you need, brother? 뭐가 필요하
니?"
급히 내게 와서 물었다. 순간 내 몸이 떨리기 시작
했다. 마약을 중단했어도 약 얘기를 듣게 되면 알
수 없는 이상한 반응들이 뇌와 몸으로 나타난다.
약을 했을 때 본 장면, 약을 했을 때 줄곧 했던 얘기,
경험했던 상황들이 나의 온 몸의 감각을 타고 되살
아난다. 이와 동시에 내 안에서 약을 부르는 절제
할 수 없는 생리적 현상을 겪게 된다. 약을 생각만
해도 화장실로 달려가고픈 이해할 수 없는 흥분이
밀려온다.

「맨해튼 42번가의 기적」 중에서

죽음직전에 선택한 부모님의 품

·
·
·
·
·

죽음이 얼마 남지 않았음을 내 온 몸이 말을 해 주고 있었다. 언제 죽어도 이상할 것이 없는 상태였다. 생각도 흐려지고, 부끄러움도 미안한 감정도 무뎌졌다. 오로지 하루 종일 약 생각만 날 뿐이었다.

잠에서 깨어나는 시간이 내게는 제일 힘들었다. 머리는 깨질 듯 아프고 온 몸은 쪼개지는 것 같은 고통을 느끼며 매일 아침을 맞이하는 일이 나에게는 피할 수 없는 두려움이었다. 그 날도 여느 때처럼 일어나자마자 담배를 물고 한동안 멍하니 하늘을 바라보았다.

'아, 나는 왜 이렇게 살아야 하는 걸까?'

이런 생각이 꼬리에 꼬리를 물고 한없이 나를 물어뜯는다. 결국 난 죽음을 생각한다. 지금 내가 스스로 생을 마감한다 해도 아무도 내게 관심을 갖지 않을 것을 상상하며 서글픈 마음에 눈물이 났다. 오전 내내 우울한 기분이 가시질 않았다. 화장실로 가서 변기에 앉아 이전 저런 생각을 하다가 맞은편 문 뒤에 붙은 거울에 비친 내 모습을 보고는 갑자기 몸이 움츠러들고 소름이 끼쳤다. 거울 속에 있는 나의 모습이 낯설어 기분이 안 좋았다. 머리를 쥐어짜며 고통스러운 신음소리를 냈다.

"끊고 싶다, 제발 그만하고 싶다…….

이 지긋지긋한 지옥 같은 삶,

그만 끝내고 싶어!

나 살고 싶어!!!

나도 잘 할 수 있는데……. 정말 제대로 살아보고 싶은데.

다시 한 번만 더 나에게 기회가 주어진다면 얼마나 좋을까."

얼마나 시간이 지났을까, 한참을 혼자 머리를 싸매고 신음하며 괴로워 하다가 무심코 눈앞에 있던 거울을 다시 보게 되었다. 갑자기 거울 속에 아무것도 보이지 않았다. 나는 깜짝 놀라 눈을 비벼 댔다.

'내가 아직도 약에서 안 깨었나?'

나는 다시 눈을 비비고 거울을 바라보았다. 정말 거울에 내 모습이 보이지가 않았다. 그 순간 기분 나쁜 이상한 공포감이 내게 몰려왔다. 갑자기 여기를 빨리 빠져나가야겠다는 생각뿐이었다. 나는 거울을 쳐다보지 않고 얼른 화장실 밖으로 나왔다. 거실 소파에 앉아 마음을 진정시키며 한참을 생각했다.

'이게 뭐지? 내가 약 때문에 헛것을 본건가?'

나는 다시 용기를 내어 마음을 가다듬고 화장실로 들어갔다. 그리고 좀 전과 마찬가지로 변기에 앉아 맞은편에 있는 거울을 실눈을 뜨고 쳐다보았다. 안도의 한숨이 나왔다. 그 거울에는 내 모습이 보였다.

그런데 잠시 후 나는 무서운 상황과 마주치게 되었다. 그 거울에 비친 사람은 분명히 나인데, 얼굴에 눈과 코, 입이 없었다. 그냥 얼굴 형체만 보일 뿐, 내 얼굴이 뭉개져 있었다. 정말 그때처럼 겁에 질리는 느낌은 처음이었다. 너무 무서운 경험이었다. 그리고 두려웠다. 내가 마치 이 세상과 저 세상의 경계 어딘가 있는 듯 했다. 갑자기 내 머리가 몽롱해지고 어지러워지기 시작했다. 마치 수영장 물속에서 들리는 바깥세상의 소리처럼 모든 소리가 내 귀에 느리게 진행되었다. 억지로 겨우 몇 발자국을 떼어 문을 열고 나오려는 그 순간, 나는 세상에서 태어나 처음 보는 어떤 형체와 마주하게 되었다. 마지막으로 문고리를 잡고 나오려는 그 때, 거울에 비친 얼굴이 일그러진 형체가 나를 향해 말을 했다.

'가지 마⋯⋯.'

그 일그러진 얼굴 형체를 지금까지 잊을 수 없다. 정말 무서운 얼굴 그러나 한편으로는 나에게 간절히 사정하던 가장 슬픈 얼굴이기도 했다. 가까스로 거실로 나온 나는 두 다리에 힘이 풀려 그만 바닥에 주저앉았다. 한동안 정신을 잃고 멍하니 한참을 그러고 있었다. 그 일그러진 얼굴의 형체를 본 이후부터 그 슬픈 모습이 내 눈 앞에서 지워지지 않았다. 나에게 가지 말라고 사정하는 그 얼굴이, 절규하는 것 같은 그 슬픈 모습이 내 마음에 가시처럼 박힌 것 같이 아팠다.

슬픈 얼굴을 가장한 죽음의 영이 나에게 찾아왔고 곧 죽음이 나를 덮칠 것이라는 사인으로 나에게 다가왔다. 죽음의 영과 직면한 이후 나는 죽기 전에 부모님 곁으로 가야겠다고 결심했다.

그러나 부모님 곁으로 갈 항공권을 구입할 돈이 내겐 없었다. 돈이란 돈은 죄다 긁어모아서 약 구입하는데 사용을 했고, 이미 여러 사람들에게 돈을 수차례 빌렸기 때문에 그 누구에게도 돈을 좀 빌려달라고 이야기를 할 수가 없는 그런 상황이었다.

그런데 마침 딱 한 친구가 생각이 나서 그 친구에게 전화를 했다.

"친구야, 나 죽을 것 같아······. 죽기 전에 부모님 뵙고 싶어.

뉴욕으로 갈 수 있는 비행기 표 사게 돈 좀 빌려줘."

그 친구는 나에게 돈을 주는 대신 뉴욕행 항공권을 구입해 주었다.

내 인생은 왜 그리도 넘어야 할 산이 많은지, 뉴욕에 도착하더라도 넘어야 할 큰 산이 나를 기다리고 있었다. 바로 큰형이었다. 나는 도저히 큰형을 볼 용기가 나지 않았다.

'형이 나를 얼마나 쓰레기처럼 여길까?'

나의 음악적 재능을 인정해 주었고 내가 잘 성장 할 수 있도록 물심양면으로 힘이 되어줬던 큰 형인데, 형을 마주 볼 용기가 나지 않았다. 하지만 나는 살고 싶었다. 때문에 나는 부모님 곁으로 꼭 가야만 했다.

비행기에 올라 한참을 울었다. 가족과 직면해야 할 모든 상황들을 생각하니 두렵기도 하고 형편없는 내 모습이 부끄러워서 속상했다. 드디어 뉴욕 라구와르디아 공항에 도착했다. 예상대로 큰 형이 나를 데리러 나왔다. 나를 보고 눈길 한 번 주지도 않았고 아무런 말이 없었다. 내가 생각했던 그대로였다. 나 같은 쓰레기에게 따듯하게 대해 줄 것이라 기대하지는 않았다. 그러나 살기 위해 몸부림을 치는 불쌍한 동생에게 단 한 마디라도 해 줬으면 내심 바랐다.

'그래, 잘 왔다. 우리 한 번 이겨내 보자!' 이 말 한마디가 너무 큰 기대였을까? 집으로 가는 내내 차 안에는 무거운 침묵만 흘렀다. 그래도 집에 도착하고 부모님을 만나는 순간, 나도 모르는 안도의 한숨이 나왔다.

'휴, 이제 살았다.'

드디어 유일하게 내가 편히 쉴 수 있는 곳, 부모님이 계신 곳으로 들어와 지내게 되었다. 부모님은 큰 형님이 마련해 준 뉴욕 업스테이트의 아름다운 별장 같은 저택에서 살고 계셨다. 집 근처의 주변 자연경관이 얼마나 웅장하고 아름다운지 탄성이 절로 나왔다. 지칠 대로 지친 나의 심신을 달랠 수 있는 모든 환경과 여건이 다 갖춰져 있었다. 집 앞에 있는 넓은 호수에 보트를 타고 나가서 낚시를 즐기며 평안한 시간을 가지며 삶에 여유로움을 누렸다. 처음 몇 주간은 부모님의 따뜻한 사랑과 아름다운 주변의 환경의 도움으로 마약에서 조금 해방될 수 있었다.

모든 환경이 좋은 곳에서 잘 먹고 쉬면서도 종종 약 생각이 나서 힘들었다. 부모님의 사랑으로도 채워지지 않는 마약, 참 무서운 것이다. 아름다운 자연 환경 속에 있었으면서도 그것을 누리고 감상하지를 못하고 갇혀 있는 느낌이 들어 답답해졌다. 하루 종일 호수에서 낚시를 하고 호숫가 주변을 걸으며 약을 떠올리지 않으려고, 아예 생각조차 안 하려고 무척이나 애를 썼다. 내 안에 나쁘고 악한 모든 쓰레기들은 호수에 다 던져 버리고 의지적으로 좋은 생각, 긍정적인 생각을 하려고 노력했다. 그리고 희망적인 미래를 상상하며 구체적으로 실현 가능한 삶을 그려 보고 그렇게 살기를 간절히 바라고 바랬다. 나도 약으로부터 자유하고 싶었다. 정말 쉬고 싶었다. 전쟁같이 치열하게 살아온 나에게 쉼을 선물해 주고 싶었다.

하루는 이층에서 계단을 내려오다 갑자기 다리에 힘이 풀려 계단에서 미끄러져 넘어졌다. 누군가 내게 말해줬던 것이 떠올랐다. 약을 중단하고 얼마 안가서 후유증으로 고생을 하고 얼마 안가서 대부분 사망한다는 이야기. 나 역시 금단 증상으로 후유증에 시달리기 시작했는데 약을 중단하고 시간이 많이 흐른 후에도 가끔씩 이해할 수 없는 이상행동으로 고생을 했다. 약물과다로 인해 뇌 손상을 입어서 여러 가지 후유증을 겪으며 힘든 시간을 보냈다. 나에게 있어서 가장 힘들었던 것은 막연한 불편함, 불안함과 두려움이었다. 나는 편안함과 평안함, 쉼을 얻기가 그렇게 어려웠다.

A Reversed Life

어머니, 나의 어머니

· · · · ·

    큰형님과 사사로운 오해로 인해 부모님과 지내던 그 집을 나와야만 했다. 나에게 있어서 그 집은 정말 나의 마지막 희망이었다. 부모님을 떠나 살고 싶은 마음도 없었고 어디 갈 곳도 없었다. 어머니는 어떻게 해서든지 내가 새 삶을 시작할 수 있도록 형과 아버지 몰래 헌신적으로 도와주셨다. 어떤 상황에서도 어머니는 나의 편을 들어주셨고 내 손을 잡아주셨다. 당시 어머니는 된장을 만들어 팔아 돈을 조금씩 모으고 계셨다. 어머니는 그 돈을 아끼고 모아서 내가 지낼 수 있는 뉴저지 근처의 아주 조그만 방을 얻어 주셨다.

    내가 하숙하던 곳은 대부분 육체노동으로 하루 벌어 하루 사는 노동자들이 모여 사는 곳이었다. 내가 지내는 방은 현관 입구 바로 옆 가장 작은 방이었다. 당시 나에게 마지막 남은 재산이라고는 키보드 한 대가 전부였다. 사람들이 모두 잠든 한밤중에 이어폰을 끼고 건반을 두드리며 혼자 연주를 하곤 했다.

그날도 어김없이 혼자 이어폰을 낀 채로 키보드 연주를 하고 있었는데, 어떤 아저씨가 내 방문을 열고 나를 한심한 듯 쳐다보면서 툭 이 말을 던졌다.

"야, 그걸 두드리면 돈이 나오나? 쌀이 나오나?

방값도 제때 못 내는 주제에 우리 잠도 못 자게 해?

언제까지 그렇게 계속 딸가닥 거릴 거야!"

나만 빼고 모두 같은 업종의 일을 하는 사람들이어서 그들끼리만 잘 지냈다. 여기서도 난 외톨이였다. 나는 서러웠지만 갈 곳이 없어서 견뎌야했다.

어느 휴일 나만 쏙 빼놓고 자기네들끼리 치킨을 시켜서 거실에서 맛있게 먹고 있는 것을 보았다. 그 냄새가 얼마나 고소한지 혼자 방에 있으면서 나가지는 못하고 입맛만 다셨다. 정말 미친 듯이 닭다리 튀김이 먹고 싶었다. 나는 사람들이 다 먹고 외출할 때를 기다렸다. 사람들이 다 나간 것을 확인하고는 재빨리 거실로 나가 본능적으로 휴지통을 뒤졌다. 살이 좀 붙어 있는 닭다리를 발견하고 얼마나 기쁘던지 눈물이 날 정도였다. 살을 떼어 먹으면서 울었다. 슬퍼서 운 것이 아니라 너무나도 맛있어서 감사해서 울었다. 나중에

128

나도 돈 10달러가 생겼을 때 제일 먼저 닭 집으로 갔다. 내가 좋아하는 프라이드치킨을 주문하고 기다리던 그 시간이 그렇게 행복할 수 없었다. 드디어 포장된 치킨을 받아들고는 마치 세상을 다 얻은 어린아이처럼 그 봉투를 흔들며 집으로 갔다. 그때 그 고소한 향기와 하늘을 나는 듯한 기분이 얼마나 좋았는지 지금도 그 기억이 생생하다.

눈물 젖은 라면

. . . . .

'내가 이런 삶을 살게 될 줄이야…….'

어머니가 아버지와 큰형 몰래 된장 판 쌈짓돈으로 내가 사는데 필요한 것을 다 챙겨주셨다. 어머니와 나만 아는 둘만의 가슴 절절한 사연이 정말 많다.

어머니의 도움도 있었지만, 내가 돈을 벌어야 했다. 먹고 살기 위해 내가 할 수 있는 일들을 찾으려는 노력을 하기 시작했다. 신문 한 면에 실린 구인 광고를 보고 전화연락을 하고 인터뷰 일정을 잡았다.

뉴욕까지 다녀와야 하는 일정이었다. 교통비만 빠듯하게 갖고 있었기에 뭘 사먹을 수는 없었다. 모든 일정을 마치고 뉴저지 집으

130

로 돌아오는데 하루 종일 먹은 것이 없어서 배가 너무 고팠고 몸이 지쳤다. 그래도 내 방에 한 개 남은 라면을 끓여 먹을 생각을 하면서 배고픔을 견뎠다.

집에 도착하자마자 물을 끓이기 시작했고 반사적으로 라면을 쟁여 놓은 곳에 손을 대고 꺼내려고 하는 순간, 아무것도 손에 잡히지가 않았다. 눈을 크게 뜨고 라면을 찾아 봤는데도 보이지 않았다. 온몸의 힘이 다 빠져 나가는 느낌이 들어 서 있던 자리에서 그대로 힘 없이 앉았다. 하늘이 무너지는 것 같았다.

그 때 제일 먼저 '엄마 얼굴'이 떠올라 엄마한테 전화를 했다.

"엄마, 라면이 없어." 잠시 정적이 흘렀다.

"라면이 왜 없다냐 ……." 한참 기다리다가 울먹거리셨다.

"라면이 왜 없다냐. 아이고 라면이 왜 없냐." 수화기 너머로 배고픈 아들을 향한 엄마의 마음이 전해졌다.

바로 다음 날 엄마는 마트 문 열자마자 라면 두 박스를 사 들고 오셨다. 배고픈 아들을 위해 라면을 끓여 주셨다. 세상 어디서도 맛볼 수 없는 천국의 맛이었다. 그런 어머니의 사랑으로 나는 조금씩 살아갈 힘을 얻게 되었다. 나에게 어머니는 가장 큰 힘이었다.

언젠가 어머니가 벽난로 앞에 앉아 정말 몸부림을 치면서 울부짖으며 기도하던 모습을 본적이 있다. 어머니의 기도하는 모습이 그렇게도 안 좋아 보였다.

'왜 저렇게 유별나게 기도할까?'

그런데 그 기도가 나를 위한 것이지도 몰랐었다.

지금도 어머니를 생각하면 가슴이 저려온다. 나 같은 못난 아들을 위해 자신의 모든 것을 아낌없이 내어주신 나의 어머니, 어머니의 눈물의 기도로 나는 또 하루를 산다.

맨해튼 42번가의 기적

.
.
.
.
.

　매 순간 나를 힘들게 하는 금단 현상과 마약에 대한 갈망을 떨쳐 버리기가 나는 정말 힘들었다. 무슨 일이든 일단 시작해서 약을 잊어보려고 무진장 애를 썼다. 신문 광고면에 밴드에서 연주자를 구한다는 광고를 보고 얼른 롱아일랜드로 향했다. 내 차가 없었기 때문에 그곳으로 가기 위해서는 뉴저지에서 버스를 타고 맨해튼 42가에 내려서 32가로 가는 롱아일랜드행 기차를 타야했다. 맨해튼 42가에 내려서 32가로 가려고 터미널을 나가려는 순간 한 히스패닉 남자가 나에게 다가왔다. 나는 감각적으로 그가 마약 파는 사람인 줄 알았다.

　"Hey, what do you need, brother? 뭐가 필요하니?"

　급히 내게 와서 물었다. 순간 내 몸이 떨리기 시작했다. 마약을 중단했어도 약 애기를 듣게 되면 알 수 없는 이상한 반응들이 뇌와 몸으로 나타난다. 약을 했을 때 본 장면, 약을 했을 때 줄곧 했던 애기, 경험했던 상황들이 나의 온 몸의 감각을 타고 되살아난다. 이와 동시에 내 안에서 약을 부르는 절제할 수 없는 생리적 현상을 겪게 된다. 약을 생각만 해도 화장실로 달려가고픈 이해할 수 없는 흥분이 밀려온다. 어떤 때는 흰 색깔의 물건을 봐도 흥분이 된다. 오랜 투약으로 몸은 지칠 대로 지쳐 있음에도 약이 보이면 상황은 달라진다. 불과 몇 초 전만해도 약으로부터 벗어나고 싶었던 강한 결심은 눈 녹듯 온데 간데 사라지고 오직 약만 생각하게 된다. 그만큼 마약은 강력한 것이다.

예기치 못한 그 히스패닉 남자의 말에 나도 난감한 상황을 맞닥뜨리게 되었다. 잠시 시간이 정지된 느낌 혹은 뇌가 멈춘 느낌이 들었다. 나는 어떻게 해야 할지를 몰랐다. 그런데 그 때 내 주머니에는 차비 외에는 단 몇 불도 없다는 것을 기억했다. 그는 한참 나를 쳐다보더니 급히 어디론가 자리를 떴다. 롱아일랜드로 가는 동안 참 많은 생각을 했다.

일주일 후 밴드 팀원으로 발탁이 되어 다시 롱아일랜드로 가게 되었다. 어머니한테 받은 돈 50불을 주머니에 넣어 갔다. 왠지 맨해튼 42번가에 가면 지난번에 만난 그 히스패닉 남자를 다시 만날 수 있을 것 같은 희망을 품었다. 난 이미 마음으로 마약에 손을 댄 것이

나 마찬가지였다.

무슨 운명의 장난인지…….

42번가에 갔는데 그 친구가 또 나한테 다가오는 것이 아닌가!

"Hey brother what's your need? 너 필요한 거 있어?"

순간 내 주머니에 손을 넣었다. 돈을 꼭 쥐고 뭐라고 말을 하려는데, 그 순간에 알 수 없는 일이 벌어졌다. 그 남자의 눈동자를 바라보는 순간 내 눈에 눈물이 왈칵 쏟아졌다. 뭔가 이상한 감동이 내 안에서 나를 지배하기 시작했다. 얼른 주머니에서 돈을 꺼내서 약 파는 아이에게 돈을 건네주었다.

"Come on man, go get something to eat. 가서 먹을 것 좀 사 먹어."

그 친구의 몰골은 뼈에 가죽만 붙어있어 보였다. 그는 자기 약을 얻기 위해 약을 팔고 있었다. 나는 그 친구의 상태를 너무나 잘 알고 있었다. 그는 얼른 돈을 낚아채고는 또 급히 어디론가 사라졌다.

사람들이 많이 지나다니고 복잡한 42번가에 한참을 서 있다가 느린 걸음으로 32번가를 향해 맨해튼 거리를 천천히 걷기 시작했다. 눈물이 멈추질 않았다. 주변의 시선에 아랑곳하지 않고 그냥 펑펑 울면서 걸었다. 세상에 태어나 그렇게 울어본 적이 없을 만큼 길에서 큰 소리를 내며 울었다. 기차에 올라서도 가는 시간 내내 40분 동안 울음이 그치질 않았다. 한참을 소리 내며 울었다.

'어쩌면 내가 힘겹게 걸어와야 했을 그 시간들을 모두 토해내는 회복의 시간이 아니었을까?'

나는 그 때 마약과 이별을 하게 되었다. 내가 생각해도 정말 믿어지지 않는 참 놀라운 일이다. 그 한순간의 감동으로 약을 끊었다고? 담배하나 끊는대도 수많은 결단과 노력이 필요한데, 그 보다 더 끊기 어렵다는 약을? 나조차도 정말 믿겨지지가 않았다.

다음날도 그 다음날도 거짓말처럼 죽음과도 바꾸지 못했었던, 죽을 줄 알면서도 끊지 못했던 그 마약이 생각조차 나지 않았다.

나는 그렇게 오랜 고통의 터널을 빠져나오게 되었다. 정말 마약과 이별을 하게 된 것이다!

내가 있어야 할 자리

어느 날 뉴저지 한인 타운의 거리를 걷다가 악기점 쇼 윈도우에 진열된 하얀색 그랜드 피아노에 눈길이 갔다. 순백색의 웅장한 멋진 그랜드 피아노를 보니 심장이 뛰었다. 연주가 너무나 하고 싶은 열망이 솟아올랐다. 추운 날씨였지만 한참 동안 서서 피아노를 바라보았다. 용기를 내어 악기점 안으로 들어가서 주인처럼 보이는 아저씨께 물어 보았다.

"피아노 한번 쳐 봐도 될까요?"

어쩌면 그분의 눈에는 내가 정상적인 사람으로 보이지 않았을 것이다. 남루한 옷에 긴 머리는 대충 뒤로 넘겨 묶어 그저 길을 떠돌아다니는 노숙자로 여겼을 것이다.

"연주할 줄 아세요?"

그는 나를 한참 지켜보다가 나에게 물었다. 다른 손님이 들어오기 전에 얼른 한 번 치고 가라고 허락했다. 나는 설레는 마음으로 쇼윈도우에 있는 그랜드 피아노 쪽으로 다가갔다. 그러자 아저씨가 얼른 다가와서는 그랜드 피아노 말고 입구에 놓인 밤색 업라이트 피아노를 치라고 했다. 많이 아쉬웠지만 그것도 황송하다는 생각에 얼른 피아노 의자에 앉았다. 너무 감격이 되어, 한참을 그렇게 앉아만 있었다. 피아노 의자에 앉기만 했는데도 내 마음이 그렇게 편할 수 없었다.

이제야 내가 있어야 할 내 자리를 찾은 것 같았다. 조금씩 손가락을 움직여보고는 연주를 시작했다. 눈물을 흘리며 연주를 했던 것 같다. 얼마나 연주에 빠졌었는지, 얼마 동안 연주를 했는지 기억은 안 난다. 연주를 마친 후 고개를 숙이고 잠시 그대로 의자에 앉아 있었는데 갑자기 박수소리가 들렸다. 고개를 돌려 보니 창문 밖으로 많은 사람들이 내 연주를 듣고 있었다. 눈물이 났다.

'아, 얼마만인가!

사람들이 내게 관심을 가져주고 박수를 보내준 것이.'

주인은 처음에 나를 대하던 태도와는 다르게 매우 정중한 자세로 나에게 말을 건넸다.

"선생님, 안쪽으로 들어가실까요?"

"저희 악기점에서는 음악학원을 같이 운영하고 있는데요, 선생님들 대부분이 줄리아드 음대나 피바디 음대를 졸업한 현악기 연주자들입니다. 지금 선생님이 연주하신 곡을 편곡해서 현악기와 합주 콘서트를 열면 정말 좋을 것 같은데, 선생님 생각은 어떤지요? 그런데 지금 연주한 곡목 제목이 무엇인지요? 처음 들어 보는 곡인데 너무 좋습니다."

나는 생각할 필요도 없이, "YES"라고 대답했다. 당연히 감사한 일이기 때문이다.

내가 연주한 'SKY'라는 곡은 LA에서 힘든 시간을 나와 함께 지내 준 반려견의 이름에서 따온 제목이다. 내가 마지막으로 의지하던 소중한 반려견 스카이, 어느 날 집을 나가버렸다. 아무리 찾아보아도 찾을 수 없었다. 챙겨주지 못한 미안한 마음에 너무 가슴 아파서 그를 기억하기 위해 그 곡을 작곡하게 되었다.

우연히 들어간 악기점에서 피아노 연주를 하고 이것이 연결 고리가 되어 사장님과 함께 음악회를 기획하게 되는 이 모든 일의 과정이 놀랍고 감사했다. 꺼져가는 나의 생명의 빛이 다시 불붙는 것 같았다. 그 불은 다시 활활 타올라 나를 태우고 정화시키는 것 같았다.

나는 바이올린과 첼로 그리고 피아노, 현악 삼중주 편성으로 "SKY"곡을 편곡해서 악기점에 있는 중앙무대에서 공연을 했다. 정말 많은 사람들이 찾아 왔다. 내게는 꿈만 같은 시간이었다. 그곳에서 나는 많은 사람들을 새롭게 알게 되었고 그들로부터 관심과 사랑을 받게 되었다. 그런 시간이 내게 다시 올 것이라고는 정말 단 한 번도 생각해 보지 못했다. 시간이 흐를수록 나는 점점 회복이 되면서 뉴욕과 뉴저지에서 연주를 시작하게 되었다. 그렇게 나는 사람들에게 음악인으로서 다시 한 번 다가갈 기회를 얻게 되었다.

뉴저지에서 일어난 놀라운 일들

:
:
:
:
:

　뉴저지에서 일본 재즈 뮤지션들과 함께 활발한 연주 활동을 시작하게 되었다. 어느 날 저녁공연을 끝내고 무대를 내려오려는데 한 신사분이 꽃다발을 들고 나에게 인사를 하러 다가왔다.

　"선생님, 솔로 연주 부분을 들을 때 숨이 멎을 정도의 감동을 받았습니다. 선생님의 연주에 반했습니다. 선생님의 멋진 연주가 하나님을 찬양하는 그림을 그려봤습니다."

　그러면서 본인이 박** 목사라고 소개하며 교회로 나를 초청하고 싶다고 했다. 나는 속으로 말도 안 되는 얘기라고 생각하고는 그 말을 무시해 버렸다.

　'연주회장까지 와서 꼭 교회 얘기를 해야 하나? 자기 교회로 오

라는 말 아니겠어? 참, 예수를 믿으면 진짜 미치는 구나. 저렇게 말도 안 되는 말을 다 하고 말이야.'

그런데 정말 놀랍게도 3개월 후 그 교회를 가게 되었다. 목사님을 통해 나는 다시 교회로 발걸음을 내딛게 되었다. 교회에 들어서자 안내하시는 분이 나를 가운데 자리에 안내해 주셔서 그 자리에 앉았다. 찬양을 드리면서 이상하리만큼 감정의 소용돌이가 강하게 밀려오는 것을 느꼈다. 약을 할 때도 느껴보지 못한 아주 뭐라고 표현할 수 없는 묘한 감정이었다.

'도대체 이게 뭐지?'

손을 들고 싶었다. 두 손을 들었더니 주변이 뜨거워지는 것을 느꼈다. 마치 내 몸이 전기에 감전 된 것처럼 어떤 영적인 감각이 전해졌다. 내면의 그 힘이 얼마나 강한지 그 힘에 이끌리어 결국 그 자리에서 벌떡 일어나 뜨겁게 찬양을 드렸다.

물론 나중에야 알게 되었는데, 생짜배기 연주자가 예배드리러 온다고 하니 성도들이 마음을 모아 내가 앉은 자리를 중심으로 나를 빙 둘러싸고 앉아 나의 영혼구원을 위해서 그리고 성령의 불을 받기를 위해서 뜨겁게 기도 했다는 얘기를 듣게 되었다. 그 한인교회는 음악적으로 자원이 아주 풍부한 교회였다. 특히 세계적인 명문 음대 재학생들과 졸업생들이 아주 많았다. 세련되고 양질의 새로운 교회 환경에 적응하기가 절대 쉽지 않았지만 나는 다시 살아봐야겠다는 마음과 의지를 가지고 교회에 출석하며 내 안의 예배를 회복하기 위한 열심을 다했다. 나는 정말 변화되고 싶은 마음이 간절했다.

부끄러운 고백이지만, 당시 나는 예수님에 대해서는 많이 들었고 어떤 분인지 알았지만 솔직히 나는 예수님을 알지 못했다. 수년간 교회에서 노래하고 연주를 했음에도 나는 착하게 살고 싶어서, 고통스럽게 살고 싶지 않아서 교회를 다녔다. 결국 나는 나를 위해 최선을 다해 노래하고 연주를 해 온 것이다.

그 교회는 줄리아드, 맨해튼, 버클리음대 출신 연주자들이 차고 넘치는 교회였다. 그렇게나 훌륭한 재원이 많은데 다른 사람이 아닌 내가 피아노 연주자겸 찬양팀 디렉터로 지명을 받게 되었다. 성경공부도 제자훈련도 한 번도 제대로 받은 적 없는 내가 멤버만 30명 이상 되는 찬양팀을 이끌며 예배음악 전체를 총괄하는 막중한 임무를 부여받고 음악 사역을 시작하게 되었다.

언젠가 연습을 마치고 찬양팀원들 모두 근처 식당에 식사를 하러 간 날 일어난 일이다. 목사님이 갑자기 나에게 식사 기도를 부탁하셨다. 나는 그 때까지 사람들 앞에서 기도를 한 번도 해 본적이 없었다. 정말 온 몸에 진땀이 흘러내리는 것 같았다.

"ok. let's go. 주님, 감사합니다." 말이 떨어지자마자 사람들이 "주여~"하는 것이었다.

갑자기 머리가 하얘지더니 그 다음 기도가 도무지 떠오르지 않았다. 내가 머뭇거리는 것을 눈치 채시고는 목사님께서 웃으시며 한 마디 하셨다.

"지노 선생님, 기도 처음 해 보시나 봐요."

난 그 날의 해프닝을 생각만 해도 얼굴이 화끈거려온다.

그렇게 나는 매일에 감사하며 신앙인으로서의 삶을 배우며 살았다. 훌륭한 사람들과 협연을 하고 멋진 찬양 콘서트도 하고 여기저기 초청을 받아 공연을 다니기 시작했다. 교회에서 예배 잘 드리고 착하게 살면 모든 것이 다 잘될 줄로 믿었다. 겉으로 보면 모두 믿음이 좋아 보이고 다 좋은 사람 같아 보인다. 그러나 교회에도 시기와 질투, 교만, 남을 판단하는 세상적인 잣대가 여전히 있었다. 물론 그러한 소용돌이에서 하나님은 나를 다듬고 계셨다.

정말 꿈도 꾸지 못했는데 미주 지역을 순회하며 찬양사역을 하는 기회가 나에게 찾아왔다. 교회에서 사역 하던 중에 다른 교회로부터 매력적인 조건으로 스카우트 제의를 받게 되었다. 이전 교회와는 사뭇 다른, 대형교회의 청빙을 받아 음악 감독으로 섬기게 되었다. 겉으로 봤을 때 나는 예배 음악 감독이라는 멋진 타이틀을 두르고 있었고 여유로운 생활에 하나님의 은혜로 모든 것이 다 잘 되어 가는 것처럼 포장되어 있었다.

그러나 얼마 지나지 않아 교인들과의 관계가 삐걱거리기 시작했다. 사람들에게 심한 염증을 느끼게 되었다. 내가 교회에서 사역하면 다 잘 될 줄로만 알았다. 내가 그들과 함께하면 나도 그들처럼 될 것이라는 막연한 기대감을 갖고 있었다. 내가 가진 달란트가 너무 눈에 띄어서 그랬는지, 상처투성이인 내 모습은 보지 않고 사역하는 모습만 봐서일까, 시기와 경쟁, 억울한 루머, 나를 넘어뜨리려는 작고 큰 여러 가지 일들이 여기저기서 일어났다. 교회가 세상과 별반 다를 것이 없었다. 교회에 오면 좋은 사람들과 천사 같은 하나님의 사람이 있을 것이고 이 사람들과 함께 어울린다면 나의 모든 더러움은 사라지고 좋은 영향을 받을 수 있을 것이라 기대를 했었다.

규모가 꽤 큰 교회에서 음악 감독이라는 막중한 영적인 직책을 맡고도 그 직분이 얼마나 고귀한지를 미처 깨닫지 못하고 음악적으로 멋지게 포장하는 데 치중한 나의 탓도 있다. 나에게 익숙한 음악적 감성과 화려한 테크닉은 사람들의 눈과 귀를 매혹시키기에 충분했다. 음악 세션들과 싱어들이 감성적으로 노래를 잘 부를 수 있도록 리듬과 화성, 선율을 자유자재로 이끌어 낼 수 있었기에 그럴싸하게 은혜로운 음악적 분위기를 만들어 냈다. 나는 음악을 잘 만들어 내는 훌륭한 기술자 역할을 충실히 잘 했었지만 찬양팀원들과 소통의 어려움을 겪었다. 사소한 의견차이나 문제로 부딪히는 경우가 자주 있었다. 여러 가지 이유로 교인들과 마찰을 빚게 되면서 점차 교회에서 예배드리는 것도 은혜가 안 되고 모든 활동에 회의를 느끼게 되었다.

시간이 갈수록 내가 사람들로부터 받는 실망감과 공허함은 더 커졌다. 그들이나 나나 '주여, 주여!' 외치고 기도하는데 알고 보면 결국은 예수님이 주인이 아니고 자신이 주인인 것은 마찬가지였다. 말도 많고 탈도 많은 교회생활로 인해 나는 교인들 때문에 많은 상처를 받게 되었고 그 모든 것을 감내하기가 정말 힘들었다. 내가 한참 교인들과의 관계로 힘들어 하던 중에 어떤 사모님께서 가까운 교회에서 치유 은사 집회가 있으니 꼭 오라고 초청하셔서 답답한 마음에 마지못해 갔었다.

문에 들어서자마자 알아들을 수 없는 이상한 말(나중에야 그것이 방언인지 알았지만)이 시끄럽게 들렸다. 어떤 사람이 괴상한 말을 하면서 그 자리에서 펄쩍펄쩍 뛰는 모습을 나는 생전 처음 보게 되었다. 너무 당황한 나머지 나는 어찌할 줄을 모르고 어느 줄에 서 있었다. 곧 목사님이 나에게 다가 오셔서 기도제목이 무엇인지 물어 보셨다.

"그냥 성실한 사람이 되게 해 달라고 기도해 주세요."

딱히 떠오르는 말이 없어서 생각나는 대로 말씀을 드렸다. 목사님은 내 머리에 손을 얹으시고는 기도를 하셨다. 기도를 받는 중에 목사님의 손에 힘이 들어가서인지 내 머리를 세게 눌러서 살짝 기분이 상했다. 내가 기도를 받으면서 살짝 실눈을 뜨고 상황을 살펴보니 옆에 서 계셨던 나이 드신 여자 분이 바닥에 누워 손을 들고 떨면서 큰 목소리로 알 수 없는 말을 하고 있었다. 왜 그런지 모르지만 갑자기 목사님한테 미안한 마음이 들었다. 내 머리를 누르면서까지 세게 기도해 주셨는데 멀뚱멀뚱 서 있는 나의 태도가 왠지 좀 아닌 것 같은 느낌이 들었다. 그래서 타이밍을 봐서 발에 힘이 풀린 듯 옆으로 살짝 누웠다. '아, 머리가 복잡했다!' 그 다음은 어떻게 해야 할까. 옆 사람이 일어나면 같이 일어나려고 기다렸다. 그 날은 내게 어떤 변화도 없었다.

결국 나는 혼자서 기도원으로 달려갔다. 오죽했으면 3일 금식기도를 작정하고 '죽으면 죽으리라' 심정으로 모든 문제를 하나님께 맡겼다. 기도도 잘 할 줄 몰랐지만 다급한 내 마음을 담아 정말 목이 터져라 외치며 기도했다.

"하나님, 저 좀 도와주세요. 혼탁한 세상으로 되돌아가고 싶지 않아요. 힘든 시간들을 잘 견디어 낼 수 있도록 제게 힘을 주세요."

얼마나 소리를 지르며 기도를 했는지 목소리가 나오지 않았다. 생애 처음으로 3일 금식기도를 마쳤지만, 달라지는 것은 아무것도 없었다.

평소와 다름없이 찬양 팀원들과 연습을 하다가 사소한 언쟁으로 신경이 예민해져 있었다. 몸과 마음이 피로해 지친 몸을 이끌고 집으로 돌아왔다. 아무것도 안하고 그냥 쉬고만 싶었다. 나에게 가장 편한 장소인 내 연습실 의자에 앉아 키보드를 힘없이 누르고 있었을 때, 그때였다. 보면대에 펼쳐져 있던 어머니께서 선물해 주신 성경책의 말씀 한 구절이 눈에 크게 들어왔다.

내 형제들아 너희가 여러 가지 시험을 만나거든 온전히 기쁘게 여기라 이는 너희 믿음의 시련이 인내를 만들어 내는 줄 너희가 앎이라, 인내를 온전히 이루라 이는 너희로 온전하고 구비하여 조금도 부족함이 없게 하려 함이라(약 1:2-4)

내 눈에 들어온 이 말씀을 붙들고 멜로디를 연주하며 그 자리에 바로 곡을 써 내려갔다. 그리고 이 찬양 곡 〈너를 바로 세우심이라〉가 탄생했다.

지금에 와서야 예전의 나를 회상해 보면, 마치 나는 늘 싸울 준비가 되어 있는 '싸움닭' 같았다. 이상하게도 교회를 가면 화가 났다. 겉과 속이 다른 가식적인 교인들의 모습이 내 눈에는 다 거슬렸다. 겉으로는 은혜와 사랑이 넘쳐 보여도 속으로는 남을 판단하고 정죄하는 이중적인 면이 나는 견딜 수 없이 싫었다. 그들의 행동에 염증이 났다.

그러나 오랜 세월이 지난 후에야 비로소 그 상황을 이해할 수 있게 되었다. 우리 모두가 다 그러한 시간을 통해 빚어지고 만들어 지고 세워진다는 사실을.

너를 바로 세우심이라

지노박 작사 · 작곡

네--게 시험이 다 가와도 이기라- 주가 말씀 하 시네-

온전히- 기쁘게 여기라 주가 네게 말-씀하 시 네 네--

게 환란이 다 가와도 이기라- 주가 말씀 하 시네-

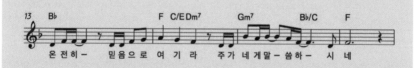

온전히- 믿음으로 여기라 주가 네게 말-씀하- 시 네

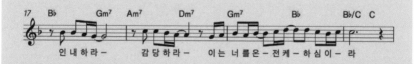

인내하라- 감당하라- 이는 너를 온-전케-하심이-라

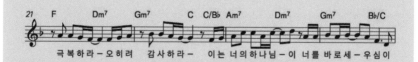

극복하라-오히려 감사하라- 이는 너의 하나님-이 너를 바로세-우심이

라

보스턴에서의 놀라운 경험

오래전부터 알고 지낸 목사님이 보스턴에 있는 어떤 한인 교회 집회에 초청을 받으셨다. 목사님이 나에게 연락을 하셔서 집회 동안 피아노 연주를 해 달라고 부탁하셨다. 나는 생각지도 못한 금요저녁집회에 참석하게 되었다. 예배를 다 마치고 강단에서 내려오려는데, 목사님께서 성도들이 기도하는 시간에도 피아노 연주를 해 달라고 요청을 하셔서 계속 피아노 연주를 이어 갔다.

어릴 적 몇 번 불러 본 찬송가 선율을 떠올리며 그냥 내 손가락이 가는 대로 찬송가를 연주했다. 한참을 연주하고 있는데 참 흥미로운 것을 발견했다. 내가 연주를 힘 있게 하면 교인들의 기도 소리도 커지고 여리게 연주를 하면 기도 소리도 작아지는 경험을 처음 하게 되었다.

혼자 신기해하며 마음과 손가락에 가는 대로 자유롭게 연주를 하고 있었는데, 갑자기 한 여성이 강단으로 뛰어 올라오더니 연주하고 있는 내 옆에서 무릎을 꿇고 내 왼손 팔목을 붙드는 것이 아닌가! 나는 깜짝 놀라 피아노 연주를 계속 이어나가야 할까 고민이 되었다. 이어 그 여성분은 영어도 아니고 러시아어도 아닌 내가 처음 들어본 외국말로 기도하기 시작했다. 예상치 못한 상황에 나는 조금 무섭기도 하고 당황스러웠다. 그 여성분이 내 왼쪽 팔을 잡고 큰소리로 기도할 때 나는 내 오른손을 바라보게 되었다. 그런데 너무나도 이상한 것은 내 오른손이 나의 의지와는 상관없이 자유롭게 움직였다. 내게는 정말 무서울 정도로 신기하고도 새로운 경험이었다.

'어떻게 손목이 흔들리면서 손가락이 알아서 움직이며 연주를 한단 말인가?'

살짝 손을 빼 보려고 시도 했지만, 그분이 내 팔을 너무 세게 잡고 있어서 어떻게 할 수 없었다. 그런 채로 몇 분이 지났다.

기도 시간이 다 끝나고 친교실로 가서 차를 마시며 교인들과 담소를 나누고 있었다. 낯익은 여성분이 나를 쳐다보면서 강단 앞으로 걸어 나왔다. 내 팔을 붙들고 기도하던 그 분이었다. 조금 전과는 완전히 다른 차분한 목소리로 이야기 하기 시작했다.

본인은 서울대학교에서 피아노를 전공한 사람인데, 지노 박 선생님의 피아노 연주를 듣고 마음이 뜨거워지고 기쁨이 흘러넘치자 그토록 원했던 방언이 터지게 되었다고 간증을 했다.

　그녀의 말을 듣는 동안에 나는 딴사람 얘기처럼 느껴졌다.
　'내 연주에? 왜?
　나는 예수님도 아직 잘 모르는데…….'
　그 때는 왜 그런 일이 나에게 일어났는지 도무지 이해가 되지 않았다.

멋지게 포장된 사역자의 삶

미국 각 지역을 순회하며 콘서트와 집회를 시작하게 되면서 사회적으로 영향력 있는 사람들과 만나게 되었다. 너무나 많은 사람들로부터 칭찬을 한 몸에 받았고 이어 극진한 대접까지 받게 되었다. 게다가 나의 연주를 좋아하는 팬클럽까지 생길 정도였다. 공연이 이어지면서 전 미주 지역뿐만 아니라 한국, 일본, 중국, 베트남 등 외국으로 활동 무대가 확장되기 시작했다. 그렇게도 짧은 기간에 펼쳐지는 모든 일들이 믿어지지 않을 정도였다. 시간을 쪼개서 바쁜 일정을 소화해야 할 만큼 나는 어느새 바쁜 사역자가 되어 있었다.

나는 이전의 내 모습을 기억하고 싶지 않았다. 더 멋진 사람이 되고 싶었다. 그래서 많은 사람들에게 좋은 영향력을 끼치는 사람이 되기를 원했다.

내가 어디를 가든지 사람들이 환영해 주었고 좋은 음식에 편한 숙소에 과분한 대접을 받았다. 그럼에도 내 마음 한편에는 나를 힘들게 하는 질문이 있었다.

'과연 예수님이 계실까?'

'저 많은 사람들은 정말 예수님이 누구신지 알고 있을까?'

분명히 나는 '예수님이 좋은 분'이라는 것을 인정할 수는 있었다. 그 누구도 나의 마음을 움직이지 못했는데 나 같은 사람의 마음을 움직이셨으니까. 하지만 이상하게도 알 수 없는 불안감이 나를 힘들게 하였다.

'내가 교회에서 찬양하고 있는 것이 혹 나를 위한 것은 아닐까?'

'사람에게 잘 보이기 위한 것은 아닐까?'

이런 미심쩍은 질문들이 꼬리에 꼬리를 물고 나를 괴롭혔다.

'지내온 내 삶이 너무 힘들어서 교회로 피신해 와 있나?'

나의 모든 것이 가식인 것 같아 정말 힘들었다. 더 견디기 힘들었던 것은 나뿐만 아니라 다른 교인들도 모두 나와 같을 것이라는 생각이었다. 교회에서 다정한 눈빛과 환한 웃음으로 '할렐루야!'하고 반갑게 인사하지만, 뒤에서는 온갖 험담과 미움과 시기와 질투하는 것이 보였기 때문에 나는 점차 교인들을 만나는 것도 싫어졌다. 어떤 성도에 대한 의심 혹은 교회에 대한 불신이 시시때때로 내 머릿속에 왔다 갔다 했다.

당시 나는 정말 화려하게 잘 포장된 찬양사역자였다. 애틀랜타로 사역지를 옮겼고 그곳에서 예배 사역을 섬기며 많은 지역에서 초청을 받았다. 가는 곳 마다 하나님의 능력이 나타나는 것 같았고, 많은 주의 일군들이 지역마다 세워졌다. 나는 몇 년 간 정말 열심히 일했다. 진짜 밤잠을 못 잘 정도로 열심히 일 하면서 결혼도 하게 되었다. 결혼을 하고 가정을 꾸리니 교회 사역도 무척 안정적으로 잘 할 수 있었다. 사역의 지경도 계속적으로 넓혀졌고 모든 것이 완벽했다.

그러나 나의 공허한 마음은 그 어떤 것으로도 채워지지 않았고 하루에도 몇 번씩 약에 대한 갈망이 나를 더욱 강하게 흔들어 놓았다. 결국 나는 나의 연약함을 이기지 못하고 또 넘어졌다. 사역을 하는 도중에도 마약에 손을 대고 말았다.

나 스스로 제어할 수 없었다. 이런 나 자신이 혐오스러워 나 자신을 '파괴와 방황, 방탕'으로 내던졌다. 이어 순차적으로 가정도 깨어지고 혼자서는 헤어 나올 수 없는 깊은 수렁에 빠졌고 많은 사람들로부터 외면당했다. 철저히 혼자가 되었다.

그때 나는 결심했다.

"난 다시는 찬양하지 않을 거야. 교인들, 흥 나 좋다며?

내가 넘어지니까 날 길거리 잡초 보듯 해?"

밤에도 잠을 잘 수가 없어 꼬박 날밤을 새다가 아침 해를 보아야 겨우 잠자리에 들 수 있을 정도로 나는 심한 육체적 정신적 고통을 겪었다. 물론 내 마음 깊이 아픈 상처도 얻게 되었다. 모든 것이 나의 탓인 줄 알지만, 그렇게 곁에서 함께 좋은 시간을 보냈던 많은 사람들이 한순간에 모두 떠나 버렸다는 현실 앞에 나는 비참했다. 말도 안 되는 루머까지 돌고 돌아서 내가 듣게 되었을 때는 나는 정말 숨이 멎을 만큼 정신을 차리기가 어려웠다. 너무 억울해서 일일이 다 해명을 하고 싶었지만 그 기회조차 주어지지 않았을 때 나는 교회를 떠날 마음을 먹었다.

막상 이혼을 하고 나니, 나의 인생은 완전히 막다른 길이었다. 도무지 살 길이 안보였다. 10년 이상을 오로지 교회에서 예배음악만 하며 지냈기 때문에 다른 어떤 일도 할 줄 아는 것이 없었다. 총체적 난국이었다. 사역은 중단 되었고 사람들과의 교재도 재정도 다 끊겼다. 또 다시 나는 벼랑 끝에 몰려 위태롭게 홀로 서 있는 것 같았다. 나를 사랑하고 인정했던 사람들은 거꾸로 나를 향하여 비난을 퍼부었고 내 곁에는 아무도 남지 않게 되었다. 나는 모든 것을 다 잃었다. 내가 어디를 가든 나를 바라보는 사람들의 시선과 수군거림이 견디기 힘들었다.

"저런, 찬양했던 사람이 망가져가지고 쯧쯧, 어쩌다가 저 지경이 됐을꼬?"

"저 목사아들이 아이고… 아주 괜찮은 사람인 줄 알았는데 형편 없구먼, 형편없어."

"피아노도 잘 치고 좋은 사람으로 보였는데 완전 쓰레기였어!"

이루 말 할 수 없이⋯⋯. 내 마음은 참담했다. 이전에 겪었던 그 어떤 고통보다 아팠다. 누군가 내 가슴을 향해 날카로운 칼로 찌르는 것 같은 통증을 느꼈다.

나는 혼자 고통 속에서 신음하며 주님만 바라볼 수밖에 없었다.

"주님, 저는 아닙니다. 원래도 아니었고 지금도 아닙니다.
하나님 사람 잘못 보셨어요.
앞으로 다시는 교회로 돌아가지 않겠습니다.
앞으로 다시는 교인들과 만나지 않겠습니다.
내가 좋을 때만 나를 좋아하는 그런 사람들이 뭐가 필요합니까?
하나님 저 그런 거 없어도 살 수 있습니다.
이제부터 저는 열심히 돈 벌어서 교회 헌금 많이 하겠습니다.
제발 저를 내버려 두세요."
나는 절박한 마음으로 신음하듯 하나님께 토설했다.

"나 자신도 나를 믿을 수 없어요, 제발 나를 포기해 주세요.
내가 아니어도 이 땅에 찬양할 사람 있잖아요?
신실한 사람, 어릴 때부터 교회에서 바르게 성장한 사람 많잖아요?
나는 그냥 내 방식대로 살게요.

우리 아버지가 목사지 내가 목사가 아니잖아요.

되지도 않을 나를 좀 내버려 두세요.

이제 나는 지쳤습니다.

처음부터 안 되는 길이었는데, 왜 저를 안 놔주시나요?"

주님은 나의 원망을 이렇게 들으셨다.

"주님, 저 정말 죽을 것 같아요…….

저는 왜 이렇게 안 되나요?

나는 왜 이렇게 형편없는 놈인 거죠?

주님의 능력으로도 나는 왜 안 되죠?

제발 좀 살려주세요!

내 안에 온통 악한 것으로 가득 차 있습니다."

어쩌면 나의 거친 반항은 주님을 향한 간절한 외침이었는지 모른다.

'주님 살려주세요! 제 손을 꼭 좀 잡아주세요!'

돌이켜 보면 나는 정말 환경을 탓하고, 다른 사람 탓이라고만 얘기 했지 단 한 번도 나를 바라보시는 주님을 얘기한 적이 없다. 오직 내 생각과 육신의 감각만이 나를 이끌었다. 내 안에 계시는 주님의 음성을 듣지 못했고 눈은 완전히 닫혀 있었다. 그러니 내가 넘어지는 것이 너무 당연한 일이었다.

'그러면 그렇지, 내가 뭘 하겠어?'

이번에 다시 시작한 마약은 나에게 더 심한 공포감을 주었다. 그렇지만 약을 하고 나면 사람들로부터 버림받은 나의 아픈 마음을 잊을 수가 있었다. 약을 하고 멍하니 하루 종일 먼 산을 바라보며 한심한 나를 자책하고 비난하기를 계속한다.

'왜 나는 또 이 길을 가야하는가?'

'아, 맞아. 나는 처음부터 안 되는 놈이었던 거야, 하나님도 어떻게 해도 안 되는, 참……. 내가 꿈도 컸지. 교회에서 그리스도인의 삶을 살 꿈을 꿨다니, 그런데……. 성경을 보면 간음한 다윗도 하나님이 용서하셨잖아. 간음하고 그것을 은폐하기 위해 살인까지 저질렀는데 그를 의롭다고 했잖아. 그런데 왜 나는 왜 안 되는 건데? 왜 안 되서 또 이렇게 넘어지는 건데?'

나를 자책하고 비난하는 말들이 꼬리에 꼬리를 물고 끊임없이 나를 정죄한다. 어느새 나의 생각은 미움과 분노로 가득해지고 악한 생각이 나를 지배하게 된다. 그러면 내 주변의 모든 사람들이 다 나를 넘어뜨리려고 나를 모함했다고 믿는다. 나의 음악 연주 실력이 자기네들보다 월등히 뛰어나니 시기 질투를 해서 아주 나를 쓰러뜨려야 자신들이 설 자리가 생길 수 있으니 나를 미워하는 것이라고 스스로 속는다.

'음악적으로 나보다 못한 사람들 앞에서 나는 머리를 조아릴 수없어. 그렇게 하느니 차라리 죽는 게 나아.'

정말 말도 안 되는 생각들이 나를 더욱 강력하게 지배하기 시작했다. 맨해튼 42번가의 기적으로 한동안 중단 되었던 마약은 너무나도 순식간에 나를 완전히 점령하였고 무섭게 나를 달궈 나갔다. 그때 나는 너무 무서웠다.

'아, 죽는구나. 이제 정말…….

피할 수 없는 끝이, 정말 죽음이 내게 다가왔구나!'

죽음이라는 것이 나를 엄습해 왔다. 내 온 몸이 죽음을 느끼고 있었다. 찬양 사역을 하고 하나님을 경험한 이후에 마약을 하게 되었을 때는 이전의 그 느낌과는 너무나 달랐다. 이젠 정말 죽음의 그림자가 나를 덮어서 더 이상 내가 빠져 나올 방법은 없는 것 같았다. 철저한 외로움과 깊은 고독 가운데 기도하려고 해도 입이 안 떼어졌다. 그냥 내 마음에 끝도 없이 밀려드는 생각을 끙끙 앓는 신음소리로 토해 내는 것이 전부였다.

나는 나를 포기했고 나를 절망으로 던졌다. 그런데 내 안에서 거의 바닥이 드러난 메마른 샘물에서 물방울이 또로롱 신음에 미끄러지듯 나와서 거칠고 쩍쩍 갈라진 나의 마음을 조금씩 적시기 시작했다. 시간이 흐르고 흘러, 내 마음을 격동 시키던 태풍은 지나가고 어느새 내 마음에는 잔잔한 강물과도 같은 고요함이 찾아왔다. 그때 비로소 나는 다시 기도하기 시작했다.

또 한 번의 기회

. . . . .

　지역에서 꽤나 유명한 뮤지션들과 어울리면서 함께 공연하며 살고 있었다. 그러던 어느 날 신문 광고에 미국교회에서 피아노 연주자를 구한다는 문구가 내 눈에 확 들어왔다. 심장이 두근거렸다. 내 마음이 가는대로 오디션을 보러 갔고 모집 오디션에서 합격을 하게 되었다. 급여도 나쁘지 않아서 계속하고 싶었다. 다행히도 많은 분들이 내 연주를 좋아해 주셔서 6개월간 그 일을 지속할 수 있었다. 예배가 끝난 후에 연세가 지긋하신 권사님들이 줄을 서서 내게 악수를 청하며 내 손을 꼭 잡으시고는 축복 기도를 해 주셨다. 그렇게 점차 나는 안정된 삶을 찾아 가게 되었고 평범한 일상을 회복하게 되었다.

　그러던 어느 날 나는 다시 어둠의 그림자를 보게 된다. 음악 활동을 하며 가까이 지내던 흑인 친구가 있었는데, 그는 공연 프로모터로 지역의 비중 있는 공연에 늘 내가 연주할 수 있도록 섭외를 해 주었다. 미국 교회가 연합으로 하는 대규모 집회에도 내가 연주할 수 있게 불러주는 참 고마운 친구였다. 그런데 그가 마약을 파는 사람일 줄은 정말 꿈에도 몰랐다. 결국 그 친구와 어울리며 음악하는 친구들과 마약을 즐기며 별 양심의 가책도 없이 지냈고 있었다.

또 다시 악몽과 고통의 굴레에 메여 나의 시간은 멈춰버린다. 교회에서 사역을 하면서도 약을 도무지 끊을 수가 없었다. 이 마약이란 놈이 얼마나 무서운 존재인가. 그렇게 어렵사리 죽음 직전에서 살아나온 나였는데, 한동안 다시 마약에 푹 빠져들게 된다. 이때가 내 생애에서 나를 죽이고 싶을 정도로 나 자신에게 증오의 마음이 컸던 때였다.

당시 내가 사역을 하고 있던 교회는 규모가 꽤 커서 교회 내 방송실과 방송을 전담하는 사역팀이 따로 구성되어 있었다. 그래서 교회의 모든 예배가 실시간으로 송출되었다. 어느 날 찬양팀 멤버 한 명이 아파서 찬양을 할 수 없게 되자 담임 목사님이 나에게 찬양을 함께 불러 달라고 부탁을 하셨다. 갑작스러운 요청에 잠시 머뭇거리다가 내심 하고 싶은 마음도 있어서 찬양을 불렀다.

그때까지도 나는 이혼도 하고 다시 넘어졌으니, '나란 놈은 찬양해서는 안 될 존재'라고 나 스스로를 옭아매던 때였다. 나에게 허락된 시간은 3분 정도였는데 어떻게 하다 보니 22분이나 흘렀다.

담임 목사님은 성령의 인도하심대로 내가 찬양을 부를 수 있도록 허락하셨다.

예배 후 담임 목사님이 조용히 나를 사무실로 부르셨다. 나에게 음악 전반을 인도할 수 있는 음악 디렉터를 겸해서 예배 디렉터를 맡아 주면 좋겠다고 하셨다. 예기치 못한 제안에 나는 꽤 당황스러웠다. 나는 매우 정중하고도 조심스럽게 말씀을 드렸다.

"저는 사역할 자격이 안 됩니다."

목사님의 제안을 거절했다. 목사님은 나에게 무슨 얘기든 다 들어 줄 수 있다면서 왜 그렇게 말하는지 이유를 솔직히 털어놔도 된다고 요청했지만, 난 도무지 나의 상황에 대해 이야기를 할 수 없었다. 지난날의 부끄러운 과거를 드러내기가 두려웠다. 나의 실체를 다 말하면 분명 나를 내칠 것이라 생각했기 때문에 나는 얼른 그 자리를 피하고 싶었다.

다음날 새벽에 전화가 왔다. 목사님이셨다.

"지노, 난 지금 교회를 사임하려고 해."

난 너무나 놀라 물었다.

"무슨 일 있으세요?"

"지노, 내가 너에게 음악 디렉터를 부탁했는데, 네가 자격이 없다고 대답해서 내가 하루 종일 고민을 했어. 생각하고 보니 내가 먼저 목사직을 내려놔야 될 것 같은 생각이 들었어. 네가 찬양할 자격이 없다면 누가 찬양할 자격이 있겠니?"

수화기 너머로 들려온 목사님의 말씀을 듣고는 한 대 얻어맞은 듯 멍해져서 아무 생각이 떠오르지 않았다.

'아니, 어쩜 이런 목사님이 다 계실까?'

놀랍게도 목사님과 통화한 후에 나는 다시 일어날 수 있을 것만 같은 희망과 자신감을 얻었다. 나는 음악 디렉터라는 직분을 수락하고 예배 전반의 음악을 담당하는 사역자로 다시 서게 되었다.

'얼마나 놀라운 인생의 역전인가?'

담임 목사님이 몸소 보여주신 그리스도의 고귀한 사랑은 기어이 나를 죽음에서 건져 올렸다.

이해할 수 없는 교통사고

:
:
:
:

얼마 후 나는 차를 폐차해야 할 정도의 대형 교통사고를 당하게 된다. 내가 2차선 도로에서 좌회전 신호를 받고 좌회전을 하려고 하는데 무서운 속도로 질주하던 차가 내 차를 들이받았다. 순간 나는 바로 기절을 했다. 어렴풋이 사람들 목소리가 들리는 것 같았다.

"He's gone, He's out. 죽었어."

사고 현장을 수습하고 있던 경찰의 목소리였다.

나는 마치 꿈을 꾸는 것 같았다. 이상하리만치 몸이 가볍고 편했다. 마치 내가 다른 곳에 와 있는 것 같은 느낌이 들었다. 사람들이 무엇을 하는지 다 볼 수 있었다. 경찰이 커다란 전기톱을 가지고 와서 내 차를 반으로 갈라 나를 꺼내고는 흰 천으로 나를 덮었다. 당연히 내가 죽은 줄 알았던 모양이다. 병원 구급차가 오는 동안 자기네들끼리 하는 얘기를 나는 다 듣고 있었다. 한참을 기다린 후 구급차가 왔고 나는 들것에 실린 채 옮겨졌다. 위급한 사람을 실은 구급차가 병원으로 가는 중인데도 사이렌이 울리지 않았다. 이미 사망한 사람이면 시간과의 다툼이 아니기 때문에 구급차라도 사이렌을 울리지 않고 달린다는 이야기를 들은 적이 있었다.

나는 분명히 살아서 그 상황을 다 지켜보고 있었다. 구급차가 병원에 도착했을 때 나는 그들에게 내가 살아있음을 알려야겠다는 생각을 하고는 내가 누운 들것을 옮기는 사람에게 한 손을 들고 내 아이디가 바지 호주머니 안에 있다고 나직이 알려주었다. 순간 경찰들도 의료진들도 내가 움직이는 것을 보고 너무 놀라 바로 응급실로 향했다. 몸 전체 뇌 특수촬영까지 다 했다. 나는 눈을 뜨고 그 자리에서 일어났다. 피 한 방울도 흘리지도 않았고 뼈 하나 부러진 곳도 없었다. 몸에 아무런 이상이 없다는 진단을 받았다.

'기적이구나! 내가 멀쩡하게 살아 있다니, 내가 안 죽고 안 다치고 살아있다니!'

참으로 신비로운 일이었다. 도무지 어떻게 된 영문인지 나로서는 전혀 이해가 안 되었다. 지금 내가 살아있다는 사실이 놀랍고 감사할 따름이었다. 의사는 나에게 입원해서 하루 이틀 지내며 경과를 지켜보는 것이 좋겠다고 말했으나 나는 괜찮다고 말하고 바로 내 두 발로 걸어서 병원을 나왔다.

지금 생각해 봐도 그 날 내가 겪은 그 사고의 경험은 이해하기가 어렵다. 정말 말도 안 되는 일이었다. 경찰이 내 목에 손을 대어 내 숨이 끊어진 것을 직접 확인하고 내가 사망했음을 동료 경찰한테 알렸다. 그런데 그 순간에도 나는 사람들이 하는 모든 행동과 말하는 소리까지도 다 보고 들을 수 있었다. 심지어 앞으로 상황이 어떻게 흘러가게 될 것인지도 알 수 있었다. 병원에 가기까지 몇 십 분이 지체 되었는데, 그 시간까지도 대략 30~40분 정도 걸렸다는 것도 알았다.

'왜 내가 움직이지 않았을까?, 왜 가만히 있었을까?
정말 나는 죽었다가 살아난 걸까?, 아니면 다시 태어난 걸까?'

갑자기 머리에 스치는 생각이 있었다.

'이것이 하나님의 뜻일까?
정말 나는 죄인이기 때문에 어떻게든지 죽어야 하는 것일까?
그렇다면 오늘 나는 죽어야 하는 것인가?'

매우 짧은 시간 동안 내 머릿속에서는 나의 지난 날이 빛의 속도로 상영되었고 모든 기억들이 생생하게 떠올랐다.

168

'이 모든 것이 사탄이 조종하는 것은 아닐까?' 의심을 해 보았다. 왜냐하면 사탄이 나를 끊임없이 죽이려고 했기 때문에 이 사고 역시 사탄이 나를 죽이기 위해 꾸민 일인지도 모를 일이라는 생각이 들었다.

며칠 후 보험회사 요구로 폐차장에 가서 내 차를 확인해야 했다. 그 차를 보는 순간 다리에 힘이 풀려 쓰러질 뻔 했다. 자동차 앞은 다 날아갔고 앞바퀴는 휠 전체가 없어졌다.

'여기서 내가 살아났다고?'

운전석이 완전히 밀려들어가서 아무것도 없었다. 내 몸이 문에 끼어 큰 상해를 당할 만도 한 그런 큰 피해를 입는 사고였다.

'기적이다! 분명히 하나님께서 도우셨다'

너무나 확실했다. 그때부터 내 안에서 하나님을 인정하는 마음이 조금씩 자라나기 시작했다. 사고 이후 몇 개월 동안 이상한 증상으로 힘들었다. 어딘 가를 운전하고 가는데 늘 익숙한 길임에도 다른 곳으로 가고 있는 나를 발견했다. 그리고 뭔가 아닌 걸 알면서도 내 생각을 말 하려고 하는데 내 입에서는 다른 얘기가 나가는 그런 증상을 경험했다.

내 생명을 잃을 뻔 했던 그 사고 이후 믿을 수 없는 놀라운 변화가 내게 찾아왔다. 무엇보다 가장 놀라운 일은 몇 번에 걸쳐 내 안에서 늘 반복되었던 마약과의 전쟁, 죽음과도 바꾸지 못했던 그 전쟁, 힘들 때마다 나의 발목을 붙들고 늘어졌던 그 지독한 마약이 사고 이후 한 달이 넘도록 생각조차 나지 않았다. 정말 있을 수도 없는 일이 진짜 일어난 것이다. 단 한 번도 마약을 생각조차 하지 않았다.

사고 이후 두 번째로 약을 끊게 되었다. 처음으로 약을 멈추게 되었던 맨해튼 42번가에서의 알 수 없는 기적 그리고 교통사고 이후로 찾아온 두 번째의 놀라운 기적!

나는 이것을 '하나님께서 이루신 기적'이라고 고백한다.

예원이 엄마,
내 아내 에스더와의 만남

부모님과 살고 싶은 마음에 뉴욕에서 잘 살고 계시는 부모님께 간곡히 요청해서 애틀랜타로 와 달라고 부탁 드렸다. 명목상으로는 내가 모시고 싶어 오시라고 했지만, 사실 두 분이 나를 보호해 주려고 오신 셈이다. 그 당시 나는 미국 현지인들 교회인 이스트웨스트 교회에서 음악디렉터로 섬기면서 목사님과 성도님들의 기도로 점차 일상을 회복하며 은혜 가운데 사역할 때였다. 부모님 역시 내가 교회에서 음악으로 하나님을 높여드리는 것을 매우 자랑스럽게 여기셨고 늘 기도로 내게 힘을 주셨다.

예배를 드린 후에는 어김없이 권사님들이 나에게 다가와 악수를 청하며 'bless your hands(너의 두 손을 축복해)'라는 말로 축복해 주었다. 하나님은 그분들을 통하여 예수님의 사랑을 알게 해 주셨다.

바로 이 교회에서 사역하면서 지금의 아내, 에스더를 알게 되었다. 아내를 처음 만났을 때 그녀의 마음이 참 선하다는 것을 느낄 수 있었고 한눈에 '내 사람'임을 알아 볼 수 있었다. 나를 있는 모습 그대로 받아 주고 사랑해 주는 아내와 부모님과 함께 살면서 정말 오랜만에 누리는 가족이라는 울타리 안에서 따듯함과 안정감을 느낄 수 있었다.

그러나 전혀 예상치 못했던 혹독한 하나님의 훈련이 나를 기다리고 있었다. 불과 몇 년 전만 해도 고급차를 소유하고 좋은 집에서 살았는데, 이제는 돈이 없어서 차를 몰지 못하고 집세는커녕 전기세도 못 낼 지경에 처했다. 부끄럽게도 아버지 어머니에게 나오는 정부의 보조금으로 살아가야 하는 빠듯한 생활을 시작하게 되었다. 나가서 작은 연주만 해도 생활에 지장이 없을 만큼은 벌수 있을 텐데 그때는 그 마음조차 내키지 않았다.

백내장으로 인해 한쪽 눈은 바로 앞에 있는 것도 볼 수 없을 정도로 시력이 나빠졌다. 내 힘으로 할 수 있는 것이 아무것도 없었다. 딸 예원이가 태어날 무렵부터 거의 3년 동안 나는 매일 같은 자리에서 기도하고 찬양하고 곡을 만들고 하는 일에만 몰두했다. 아버지와 어머니, 아내는 이런 나의 모습을 하나님이 만지시는 과정으로 믿고 기도하며 인내하며 변화될 나의 모습을 기다렸다.

〰

나의 일상은 단순했다. 밤새 기도하고 찬양하고 나면 아침 7시가 된다. 지쳐서 잠이 들고 오후 2시에 일어나 첫 식사를 하고 볼일 보면 늦은 오후가 된다. 매일 똑같은 삶, 나의 유일한 피난처이자 안식처인 키보드 앞에 앉아서 오직 기도하고 찬양에만 전념했고 그 어떤 외부활동을 일체 하지를 않았다. 아무도 만나지 않고 집 안에서 지내면서 같은 생활을 반복하며 살았다.

당시 아내와 가족들이 감당해야 했던 경제적, 육체적, 정신적 고통의 시간들을 생각하면 미안한 마음이 든다. 한편으로는 그런 나의 모습을 있는 그대로를 받아주고 변화 될 나의 모습을 믿어준 가족들이 정말 고맙다.

어느 비 내리던 새벽, 나는 드디어 '예수님'을 만났다. 예수님과 상관없이 교회생활을 하고 노래를 부르던 내가 가슴으로 뜨겁게 예수님을 만나게 되었다.

그날도 여느 때처럼 같은 자리에서 기도하는 중이었는데 갑자기 영감이 떠올라 단번에 가사를 써 내려갔다. 곧바로 그 가사에 선율을 붙여 큰 소리로 불러 보았다.

갈보리 언덕 십자가에서 나를 바라보시는 예수님, 나를 원망하지 않으시고 나를 바라보시는 예수님, 그 예수님을 나의 작은 골방에서 드디어 만나게 되었다. 다른 누군가를 위해 죽으신 예수님이 아니라, 바로 나 때문에 십자가에서 고통당하시며 죽으셨다는 사실을 분명하게 알게 되었다.

하나님께서 내가 약을 끊도록 환경을 조성하신 것과 내 삶을 통해 분명한 목적을 갖고 계셔서 그 일을 이루시려고 나의 삶을 이끌어 오늘까지 오셨다는 그 이유와 목적을 단번에 나는 알 수 있었다. 순간 모든 것이 명료해지기 시작했다.

그동안 내 인생은 얽히고설킨 실타래처럼 꼬여 풀 수 없는 인생인줄 알았는데, 왜 내가 이 세상에 태어났으며 앞으로 어떻게 내가 살아가게 될 것인지 한 줄기 빛과 소망이 내 삶을 비추는 경이로운 시간이었다.

우리 모두는 각자 하나님의 영광을 위해 존재한다. 각 사람에게 부여된 모든 일은 하나님의 영광을 드러내기 위함이다. 약함도 부족함도 연약함까지도 그분은 모두 버리지 않으시고 그 가운데 하나님의 기적을 이루어 가신다.

새벽녘에 큰 감동으로 나를 찾아오신 성령님께서 이 찬양을 만들게 하셨다. 내 생애 처음으로 뜨거운 눈물로 감사의 찬양을 온 마음을 다해 하나님께 올려드렸다. 잠자고 있던 가족을 다 깨워 이 찬양을 함께 불렀다.

칠흑같이 어두운 새벽 나 홀로 기도를 드리며 예수님을 만난 감격을 노래한 '나 때문에' 이 고백이 끝내는 나를 살려냈다.

나 때문에

지노박 작사 · 작곡

갈보리——언덕위에서 나를 바라보—시는 예—수— 가장

낮은— 그곳에—서 - 나를 바라보—시는 예——수—— 고통의

신음중에—도 나를 원망—치 않으시고 나

의 죄를지—고 나무에 달리셨네 나때

문에—— 나 때—문에 예수십자가—에 달리셨네 나때—

문에—— 나 때—문에 예수 십자가—에달리셨—네 내가

무엇이기에 내가 무엇이—기에 예수 십자가에달리셨 나 내가

무엇이기에— 내가 무엇이—기에— 그 보혈의—사랑을얻—— 는 가——

"예수님이다!"

예수님을 알게 하시려고 나에게 그 긴 터널을 걷게 하셨다.

예수님을 알게 하시려고 그 많은 죽음의 고비를 넘기게 하셨다.

포기하지 않으시고 그 악한 마귀 사탄의 도구 마약에서 나를 건지시려고 온갖 상황들을 만들어 가시며 그렇게 힘들게 여기까지 나를 이끌어 오셨다. 나는 어느 것 하나 우연이나 사고라고 생각하지 않는다. 나는 하나님의 특별한 간섭, 날 향한 하나님의 애절한 그 사랑을 확신한다.

아주 오래 전 아버지 친구분이 아버지께 하신 말씀이다.

"박 목사, 참 이상해. 저 아이는 뭔가 달라. 저 아이의 찬양에 기름 부음이 있어. 하나님께서 쓰시려고 작정한 아이같아."

새

하늘의 새들은 항상 노래한다.

기쁠 때는 기쁜 대로, 슬픈 때는 슬픈 대로 노래한다.

그들의 언어가 노래로 들리는 건

새들에게 푸른 하늘과, 그들만의 여유로움이 있기 때문이다.

세상에는 항상 노래하는 사람들이 있다.

때론 사랑하는 사람을 잃을 때도 있고,

사람들로부터 이유 없는 비난을 들을 때도 있지만,

그들은 노래를 멈출 수 없다.

왜냐하면

그들에겐 저 푸르른 하늘에 소망이 있기 때문이다.

절망이 몰려와도

우리는 노래할 수 있다.

5부

나의 인생 2막

내게는 오래전부터 버려지고, 소외되고, 잊힌 사람들을 향한 특별한 마음이 있었다. 누구든지 '할 수 있다'는 가능성을 전하기 위해 나는 기꺼이 많은 곳을 돌아다닌다.

'나 같은 사람도 할 수 있는데, 누구든 할 수 없을까?'

「세계무대를 향해」 중에서

A Reversed Life

다시 한국으로

:
:
:

언제부터인가 내 마음은 나의 조국, 한국을 향하고 있었다. 아무에게도 말은 안 했지만 그 마음을 간직하고 기도하고 있었다. 사실 이스트웨스트 담임 목사님은 교회 사역의 일환으로 내가 '아시아계 미국인(Asian American)'을 위해 사역하길 원하셨다.

어느 날 목사님께서 많은 무리의 아시아계 미국인들이 교회로 모여 찬양예배를 드리는 꿈을 꾸셨다고 말씀하시면서, 만약 내가 그 사역을 한다고 하면 돕고 싶다고 하셨다. 그러면서 본 교회에서 개척 인원도 지원을 해 주고 건물도 얻어 주고 게다가 음향 시스템을 비롯한 교회에 필요한 모든 장비까지 다 준비해 주시겠다고 하셨다. 솔직히 나에게는 정말 좋은 기회이자 조건이어서 목사님의 제안에 귀가 솔깃하고 마음이 흔들렸다.

그러나 기도하는 가운데 내 마음은 계속 한국을 향했다. 정말 쉽지 않은 결정이었지만 주님을 굳건히 믿고 의지함으로 한국행을 결정했다. 그런데 막상 한국으로 떠나려니 비행기 표조차 구입할 수 없는 형편이었다. 나의 모든 형편과 마음을 아는 분들이 마음을 모아 항공권을 사 주셔서 한국으로 들어올 수 있었다.

드디어 2011년 오랜 세월 타국에서의 삶을 정리하고 내가 태어난 나라, 나의 고향 한국으로 들어왔다. 처음에는 나 혼자 먼저 한국에 왔다. 모든 것이 정말 많이 변해버린 대한민국이 너무나 생소하게 느껴졌다. 처음 분당이라는 곳에 지내면서 한 달 동안 혼자 생활하며 사역을 했다. 이어 아내와 3살 된 예원이도 한국에 들어왔는데 아는 목사님의 배려로 우리 가족은 선교관에서 살게 되었다. 모든 것이 낯설고 어색했다. 다시 돌아온 한국에서 나는 수많은 일들을 새로이 경험하면서 하나씩 배워나갔다.

미국에서는 대중교통을 탈 일이 없었기 때문에 서울 시내의 수많은 버스 노선과 복잡한 지하철 노선표를 보면서 길을 찾아 가는 일은 나에겐 결코 쉬운 일이 아니었다. 특히나 다리가 불편한 내가 대중교통으로 여기저기 이동한다는 것은 정말 힘든 일이었다, 전철과 버스를 놓치기 일쑤였고, 반대방향으로 승차한 적이 여러 번이었다. 하루 일과를 마치고 집에 돌아오면 정말 서 있을 기운조차 없을 만큼 지쳐 있었다. 발목이 퉁퉁 부어서 얼음찜질을 하지 않으면 아파서 잠을 설칠 정도였다.

송파구의 어느 권사님이 운영하시는 선교관 4층에서 한 달간 머물렀을 때 그 계단의 층이 너무 높아서 중간에 앉아 쉬면서 올라가야 했던 기억이 난다. 그렇게 육체적으로는 힘들고 피곤한 시간이었지만, 내 마음은 너무 감사하고 기쁘고 행복했다.

마침내 진정 내가 있어야 할 자리를 찾은 것 같은 느낌이 들었다. 안정감과 평온함이 있는 나의 삶을 이젠 맘껏 응원해 주고 싶었다. 모든 것이 감사했다. 불편함도 감사했고, 재정적인 어려움도 감사했고, 소소한 한 끼의 식사도 감사함을 나는 배워가고 있었다. 작은 것에도 감사함을 느끼며 단순한 일상의 삶을 살던 그때가 내 인생에서 가장 소중한 시간이었다.

시도 때도 없이 눈물을 흘렸다. 그 눈물은 더 이상 슬픔과 고통의 눈물이 아니었다. 감사와 안도의 눈물이었다. 어느 날 지하철을 타러 가는 길 건널목에서 신호를 기다리며 섰는데 내가 살아서 누군가를 위해 작지만 나의 재능을 나누며 살아간다는 것이 너무 감사해서 흐르는 눈물을 주체하지 못하고 한참을 서 있었던 적이 있었다.

한날은 마음에 사무칠 정도로 아버지가 보고 싶었다. 당장이라도 미국에 계신 아버지께로 비행기 타고 날아가 뵙고 싶은 마음이 간절했다. 그날도 늘 그랬듯이 야탑역으로 걸어가고 있었다. 배가 고파서 요기라도 하려고 역내 조그만 토스트 가게로 들어갔다. 토스트를 주문하고 테이블에 앉아서 기다리는데 한 남루한 어르신이 들어오셨다. 그분은 아무 말 없이 의자에 앉아서 땅만 바라보고 계셨다. 그 할아버지의 모습에서 쓸쓸함과 고독감이 느껴졌다.

나는 조심스럽게 많이 지쳐 보이는 어르신에게 다가가서는 여쭈었다.
"아버님, 제가 토스트를 대접해 드려도 될까요?"
그분은 그저 힘없이 고개를 위아래로 끄덕이셨다. 많이 힘들어 보였다.

나는 주인아주머니에게 어르신께 토스트와 따뜻한 우유를 대접하고 싶다고 얘기하고 주문을 했다. 아주머니는 내게 따뜻한 미소를 건네주셨다. 계산을 한 뒤 내가 주문한 토스트를 받아들고 그 어르신에게 인사를 하고 밖으로 나왔다. 그런데 나도 모르게 눈물이 내 마음 깊은 곳에서부터 터져 나왔는데 그 눈물을 멈출 수가 없었다. 도저히 어떻게 할 수가 없어서 화장실 입구 한 구석으로 가서 마냥 울기 시작했다. 아예 바닥에 주저앉아서 한참을 '엉엉' 울고 또 울었다. 내가 아버지를 아주 많이 그리워하고 있었다.
'그 남루한 어르신이 내 아버지처럼 느껴졌던 것이 아닐까?'

아버지, 보고 싶은 내 아버지!

．
．
．
．
．

사람은 좀 여유가 있어야 주변 사람이 편하고 좋다. 나의 아버지는 좀 완벽하신 성향이 있으셨다. 자기 관리가 매우 철저하셔서 아침 식사는 오전 7시, 점심은 12시, 저녁은 6시로 정하고 평생 식사 시간을 단 5분도 늦지 않으실 정도로 그만큼 시간 관리에 엄격했다. 아버지의 일상은 매우 단순했다. 새벽 기도를 마치고 아침 식사 후 3킬로미터 정도를 걸었는데 아버지 연세 94세까지 그렇게 매일 아침 걷는 시간을 가지셨다.

주일이면 오전 11시 예배인데, 아침 9시부터 정장을 다 차려 입으시고 거실 의자에 앉아 우리들을 기다렸다. 이런 사람을 남편으로 둔 내 어머니나 아버지로 둔 우리 형제들은 얼마나 숨이 막혔는지 모른다. 아버지는 사람을 만나는 약속이 있는 날이면 반드시 30

분전에 약속 장소에 도착해야만 하는 분이었다. 나는 늘 이런 아버지의 모습을 보면서 '아빠는 왜 저렇게 사실까? 정말 인생을 너무 재미없게 산다.'고 생각했다. 언젠가 엄마가 내게 이런 말씀을 하셨다.

'엄마는 아빠가 목사님이라서 정말 감사하지만, 아빠가 나가서 친구들 만나 차도 마시고 여행도 다니고 그러길 바랐단다.'

정확한 시계 바늘처럼 딱 맞춰진 대로 계획하신 대로 사는 분이어서 엄마도 신혼 초에는 정말 힘이 들었다고 하셨다.

내가 정말 많은 사람을 만났지만 내 아버지처럼 절약하는 사람을 만나본 적이 없다. 아버지는 평생 구두 몇 켤레, 양복 몇 벌로 사셨다. 본인을 위해 돈을 쓰는 것을 나는 한 번도 본적이 없을 정도로 아버지는 검소한 삶을 사셨다. 아버지에게는 목회와 가정이 전부였다.

아버지는 참 무뚝뚝한 분이셨다. 물론 자식을 사랑하는 마음이야 깊으셨지만 도무지 표현을 잘 할 줄 모르는 분이셨다. 때문에 아들들과 대화도 별로 없었고 어색한 거리감이 늘 있었다. 오히려 어머니와는 대화가 잘 통해서 자식들은 늘 어머니와 소통하며 지냈다.

나의 음악적인 재능을 일찌기 알고 계셨던 아버지의 바람은 내가 음악교육을 제대로 잘 받아서 훌륭한 클래식 피아니스트가 되는 것이었다. 그러나 나는 내가 원하는 음악을 연주하며 돈을 버는 뮤지션으로 자리를 잡게 되었다. 내가 하와이에서 활발하게 음악활동을 할 때 부모님을 초대하여 멋진 콘도 펜트하우스 발코니에서 오직 두 분만을 위한 디너를 준비해 드린 적이 있었다. 내가 번 돈으로 부모님께 좋은 시간을 선물해 드린다는 마음에 그렇게 행복할 수가 없었다. 저녁식사 자리에서 나는 아주 기쁜 마음으로 자랑스럽게 내 마음을 전했다.

"아버지, 제가 이제 저의 음악으로 여기서 제법 좋은 연주자로 자리를 잡아가고 있습니다."

나는 진짜로 아버지께서 기뻐해 주실 줄로 알고 드린 이야기였다. 그런데 아버지의 간결한 대답은 내가 생각조차 해 보지도 못한 의외의 답이었다.

"나는 네가 얼마나 피아노를 잘 치는지 잘 모르겠구나."

나는 정말로 실망했다. 모두가 그렇겠지만 나 역시 부모님한테서 인정을 받고 싶은 마음이 있었다. 아버지가 원하던 음악세계는 아니었지만, 그래도 열심히 노력해서 성장하고 있는 아들을 응원해 주기를 원했다.

그날 나는 정말 아버지가 미웠다. 원망스러웠다. 아버지는 내 인생을 왜 마치 자신의 인생인 것처럼 아버지가 원하는 방향으로 내가 살아 주기만을 원하시는 걸까?

"아, 그랬구나! 너무 자랑스럽다, 내 아들아. 아빠는 네가 원하는 일이 잘 되도록 기도하며 응원할게." 나는 이 말이 그렇게 듣고 싶었다.

세월이 많이 흐르고 내가 하나님을 찬양하는 일을 하게 되었을 때, 아버님이 사람들과 나눈 이야기를 듣게 되었다.

"우리 막내 지노가 음악을 보통 잘 하는 게 아니에요. 지노가 연주를 하고 찬양을 하면 미국 사람들이 다 일어나 기립 박수를 보내줄 정도라니까요. 그렇게나 연주를 대단히 잘 한답니다."

'이럴 수가! 어떻게 아버지 입에서 저런 이야기가 나올 수가 있단 말인가!'

내가 살면서 아버지로부터 그렇게도, 아니 단 한번만이라도 꼭 듣고 싶은 말이었다.

비로소 그때 난 깨달았다. 아버지 마음속에는 늘 내가 있었다는 것을. 단지 내가 안정되고 신실한 삶을 살아주기를 원하는 아버지의 마음을 나는 미처 알지 못했고, 나야말로 내 갈 길만 생각했었다는 것을.

그러나 아버지는 내가 겪어야 했던 방황과 아픔을 이해하지 못하셨다. 규칙적인 생활 습관으로 자기 관리에 철저하시고 늘 바른 생활 사나이로 정도를 걸어오신 아버지와 나는 너무나 달랐다.

세월이 흐른 후 지금 내가 가장 후회하는 것은 너무 오랜 세월을 내 생각으로만 아버지를 바라보고 내 방법으로만 아버지를 대한 것이다. 아버지의 심정이 어떠했을지 그 마음을 헤아려 보려는 노력조차 하지 않았던 못난 아들이었다. 잘못을 저지른 나를 대신하여 아버지는 자신의 종아리를 회초리로 때리셨다. 나는 아버지가 폭력을 싫어하셔서 그런 줄로 알고 있었다. 그만큼 나는 아버지를 잘 모르고 있었다.

어느 날 앙상하게 뼈만 남은 아버지의 손을 만지게 되었다. 그날 아버지의 야윈 손에서 수많은 세월의 아픔이 느껴졌다. 참으로 따뜻했던 아버지의 손을 한참동안 꼭 잡아 드렸다.

"지노야, 아빠는 지금 주님과 깊은 교제를 나누고 있단다."

눈을 지그시 감으신 아버지의 얼굴에서 깊은 평안이 느껴졌다. 아직도 나는 아버지의 그 평온하고 인자한 얼굴을 기억한다.

나의 딸, 아버지의 막내 손녀 예원이를 유난히도 사랑해 주셨던 내 아버지…….

평생 식사시간 한번 어기지 않으실 만큼 시간관리가 철저하셨던 아버지였음에도 예원이가 원할 때면 언제든지 자신의 생활 리듬을 깨고 시간을 내어 주셨다. 정말 이상하리만큼 예원이를 사랑해 주셨다. 예원이 이야기만 나오면 눈물을 글썽이셨다. 그렇게 돈을 아끼셨던 아버지인데도 예원이에게 필요한 선물을 준비하실 때에는 아끼지 않고 돈을 지불하셨다.

'나는 왜 몰랐을까?'

아버지가 예원이를 통해 하나님께 감사하고 있었다는 것을.

늘 부모님은 나에게 말씀하셨다.

"네가 아이의 아빠가 되었다는 것이 아직도 믿어지지가 않는구나."

그리 따듯하지도 다정다감하지도 않으셨고, 말로 표현을 하지는 않으셨지만 아버지는 나름대로의 방식으로 자식을 충분히 아끼고 사랑하셨음을, 내가 예원이를 키우면서 이제야 그 깊은 아버지의 마음을 조금이나마 알게 되었다.

돌아가시기 얼마 전, 아버지가 내 아내 에스더에게 이렇게 말씀하셨다고 한다.

"예쁜 집 하나 마련해서 우리 가족 다 같이 오손도손 살고 싶구나."

아버지는 이 땅에서의 마지막 순간까지 자식을 위해 기도하며 집 한 채라도 남겨주고 싶은 마음이셨다.

인생이란, 지나간 일을 후회해 봤자 소용이 없지만…

'아버지가 내 곁에 살아 계신다면 얼마나 좋을까?' 소중한 것을 잃고 나면 뒤늦게 깨달아 지는 것이 인생인 것 같다. 아버지가 하늘

나라에 가시면서 너무나도 큰 선물을 주고 가셨다. 평생 가난하게 사셨지만 이 험한 세상을 정직하고 성실하게 살아주신 나의 아버지는 큰 교회의 유명한 목사님은 아니었지만, 능력이 없다는 것을 알기에 더 간절히 하나님을 의지했던 목사님, 늘 하나님 앞에서 진실한 삶을 살기 위해 몸부림치신 목사님이셨다. 이분이 바로 내가 가장 존경하는 목사님이다.

"천국에 계신, 아버지 저 보고 계시죠? 아버지가 너무 그리워요. 가슴에 사무치도록 많이 보고 싶어요."

한국의 일상, 그분의 인도하심

한국에서의 나의 일상은 대개 하루에 소화해야 할 일
정이 5~6건 이상이었다. 이른 아침부터 밤늦은 시간까지, 매
일 내가 쓸 수 있는 에너지를 전부 다 짜내어 최선을 다해 일했다.
교회, 교도소, 병원, 학교, 복지관, 정부기관, 노인회관 등 어디든지
초청이 들어오는 대로 연주하러 다녔다. 1년을 분당에서 지낸 그 다
음 해에 우리가족은 김포로 옮기게 되었는데, 김포시의 홍보대사로
위촉을 받으면서 김포시를 중심으로 다양한 음악활동을 하게 되었
다. 친형제처럼 늘 곁에서 함께 동역해 준 장 목사님과 7년을 하루
같이 국내외에서 바쁘게 활동하였다.

또한 국내 지방 곳곳의 교회를 순회하면서 사람들에게 점차 나
의 과거가 알려지기 시작했다. 다 그랬던 것은 아니지만, 나를 초청

했던 어떤 교회에서는 내 연주 일정을 취소하겠다는 연락을 해 왔고 나를 바라보는 시선이 불편한 인상을 받았다. 마음이 아프지만 이것 역시 내가 감당해야 하는 일이라 생각하고 입을 닫았다.

어떤 목사님은 사람은 쉽게 변하지 않는다고, 내 면전에서 정죄하듯 말하기도 했다. 심지어는 나와는 전혀 관계가 없는 일인데도 과거가 있는 죄인이라는 이유로 수모를 겪어야 했다. 내 안에서 다 해명하고 싶은 말은 많았지만, 그때마다 예수님이 하신대로 "Not a word 입을 닫고" 그 어떤 변명도 하지 않았다.

그러던 어느 날, 하나님의 은혜가 내 안에 임하자 모든 상황을 주님께서 주님의 방식대로 해결해 나가실 것이라는 확실한 믿음을 갖게 되었다. 잠 못 드는 새벽 너무 억울하고 서러워서 건물 계단에 앉아 펑펑 울고 말았다. 그렇게 한참을 울고 나니 내 마음이 평안해졌다. 이러한 시련조차도 나를 빚어가는 하나님의 계획임을 알게 되었다. 억울한 누명이 나에게 고통이 아니라 나를 만드는 통로이며 도구라는 생각이 들자 순간 힘들었던 나의 모든 상황과 생각이 다 해결되었다.

한번은 충청도 지역 연합찬양집회를 섬기게 되었다. 굽이굽이 이어지는 산길을 한참동안 운전한 뒤에 도착한 산골 마을 대여섯 교회의 연합으로 모인 숫자는 20여명 남짓했다. 작은 모임이었지만 모두가 한마음으로 뜨겁게 감사와 기쁨이 넘치는 찬양 예배를 드렸다. 예배 중에 다섯 분의 어르신들이 예수님을 영접하는 놀라운 일이 있었다. 집회를 다 마치고 목사님 한 분이 내게 다가오셨다.

"저희는 드릴 사례가 없어서……. 매실 한 통을 준비했습니다."

나는 그 매실 한 통을 감사함으로 받았다. 우리 가족은 일 년 동안 매실을 정말 맛있게 먹을 수 있었다. 시골 교회에서 초청을 받아 가게 되면 쌀이나 곡식 등을 사례로 받는 경우가 종종 있다. 그분들은 '미안해' 하지만 받는 내 마음은 그 어떤 것보다 풍성하게 느껴졌다. 나는 감사하고 행복했다.

지방으로 연주를 가게 되면 거리에 따라 새벽이나 이른 아침에 출발해야 되기 때문에 일정을 마치고 집으로 오는 동안 나는 뒷좌석에 기대어 거의 기절하듯 잔다. 몸은 좀 지치고 힘들어도 나는 그 시간이 너무나 행복하고 기쁘다. 문득문득 나를 돌아볼 때 마다 스스로 놀랄 때가 있다.

'내가? 내가 어떻게 이런 삶을 살 수 있게 되었을까?'

아무런 계획도 대책도 없이 믿음으로 결단하고 한국으로 들어왔는데, 지금 나는 작은 교회를 돕고 있고, '지노 밴드 캠프 ZINO BAND CAMP'를 통하여 형편이 어려운 아이들에게 음악 교육을 하고 있고, 중국, 일본, 스리랑카, 네팔, 필리핀, 몽골 등 여러 나라를 방문하여 음악 교육과 관련된 강의와 음악 공연 그리고 찬양 집회를 하고 있다.

화려했던 시절을 떠올리며,
한국에서의 대중음악 활동 회상

:
:
:
:

우리나라를 대표하는 가수 조용필씨와 윤수일씨 등 당대 유명한 가수와 그룹사운드와 함께 공연을 많이 했었다. 한국에서의 음악활동은 나에게 큰 매력으로 다가왔다. 행사비도 쏠쏠했고 어디서든 근사한 환대를 받았다. 사람들에게 많이 알려진 연주인 혹은 연예인과 다양한 무대에서 함께 공연하면서 좋은 관계를 가지고 있었기에 어쩌면 내가 만약 한국 대중음악시장에서 계속 활동을 했더라면 지금쯤 어느 한 장르에서 크게 성장해 있었을지도 모른다는 생각을 가끔씩 해 본다.

그때의 기억을 회상해 보며 과연 그 시절이 그렇게 좋았었는지? 글쎄, 선뜻 대답하지는 못하겠다. 왜냐하면 그 시절에는 대부분의 가수들이나 연주자들은 밤무대에서 공연을 해야 했기 때문에 정상적인 생활을 하기란 쉽지 않았기 때문이다. 나는 주로 녹음실 세션으로 활동을 했었고 편곡과 솔로 연주자로 언더그라운드 뮤지션으로 활동했었다.

한국에서 인기 많은 가수들과 그룹 사운드의 세션으로 연주활동하면서 나는 모든 것에 부족함이 없었다. 내 차를 소유하고 있었고 한 달에 적어도 몇 천만 원 정도의 수입이 들어왔다. 매일 친구들과 만나 좋은 곳에서 술 마시며 돈을 써도 될 만큼의 여유로운 생활이었다. 그 시절에 미국 교포 출신들은 특별하게 대우를 받던 시절이었다. 영어라도 조금 사용하면 사람들의 주목을 받던 때였다. 너무나 빨리 세상을 떠난 도시의 아이들의 김창남 형과는 늘 함께 붙어 다닐 정도로 친한 사이였다. 그 시절이 내가 한국에서 가장 왕성하게 대중음악계에서 활동을 하던 때였다.

한국에서 음악 활동을 하면서 제일 친했던 형이 바로 가수 윤수일씨이다. 수일이 형과는 1년간 함께 공연을 하며 친형제처럼 가까워졌다. 마음이 따뜻하고 정이 많은 형님이었다. 수일 형은 다리가 불편한 나에 대한 배려가 있었다. 어디를 가든지 항상 나를 먼저 챙겨주었다.

부산 시민회관 콘서트에서 나훈아, 전영록, 구창모 등 당대 최고의 가수들이 출연하는 무대에서 윤수일 밴드가 등장하기 전에 내가 피아노 솔로 연주를 할 수 있도록 나를 세워 주었다. 1년간 계약된 공연이 끝나고 쉬는 동안 수일이 형은 내가 방황하고 어딜 돌아다니지는 않는지 매일 확인 전화까지 해 줄 정도로 나를 잘 챙겨주었다. 그리고 매니저 맹성호 선생님도 나를 아들처럼 잘 보살펴 주셨다.

한국에서의 모든 공연 일정을 다 마치고 나는 다시 미국으로 돌아와야 했다. 고맙게도 형은 바쁜 일정을 쪼개 날 배웅하기 위해 공항에 왔다. 수일이 형의 마지막 인사말을 나는 지금까지 잊지 않고 있다.

"내가 너의 피아노 연주를 정말…… 사랑한다."

오랜 세월이 흘러 내가 다시 한국에 들어왔을 때, 수일이 형이 가장 먼저 생각이 났다. 많이 보고 싶어서 가족들과 함께 형을 만나러 부산에 내려갔었다. 수일이 형을 정말 오랜만에 만났는데도 며칠 만에 만난 듯 친근하게 느껴졌다. 내가 선글라스를 끼고 있었는데, 날 보자마자 성큼 다가와서는 내 선글라스를 내리고 내 눈을 지그시 바라보았다. 나도 수일이 형의 큰 눈을 빤히 쳐다보았다. 우리는 서로 눈을 크게 뜨고 바라보며 웃었다.

"오~! 눈빛이 살아있네, 완전히 변했네!"

형은 진심으로 기뻐하며 정말 반갑게 나를 안아 주었다.

세상의 가치관 vs. 나의 가치관

한국에 들어와서 활동을 하다 보니 어떻게 내 연락처를 알아냈는지, 예전에 음악 활동을 하며 알고 지냈던 음악 관계자들로부터 종종 연락이 왔다. 그래서 스케줄이 겹치지 않으면 대중음악 콘서트 장에 가서 사람들이 좋아하는 가요나 팝을 연주하러 다녔다. 이런 대중음악에서 돈을 벌어야 나도 자비량으로 선교를 할 수 있다는 생각에 나의 본업은 찬양사역자, 예배 인도자였고 부업으로 짬짬이 세상 음악을 연주하며 지냈다. 그러나 지금은 내 삶을 온전히 하나님만 찬양하는 뮤지션으로 뜻을 정하고 오직 한 길로 나아가고 있다.

몇 년 전 나의 마지막 공연은 가수 박상민과 영탁이 함께한 무대였다. 리허설 전에 무대에서 키보드 음향 조절하고 사운드 점검을 하는데 나는 까다롭게 굴지 않았다. 왜냐하면 나는 그리스도인이니까. 만약 내가 예민하고 까다롭게 일일이 다 점검한다면, '저 사람 선교사라고 하더니 왜 저렇게 까다로워?' 바로 이렇게 말 할 것이 뻔하기 때문이다. 그래서 나는 웬만하면 괜찮아요, 좋아요 하고 내려온다. 왜? 나는 악기를 잘 다루니까.

공연 전에 대기실에서는 출연 가수들과 연예인이 모여 정보를 교환하고 이런저런 세상사는 얘기를 한다. 대화의 내용은 주로 아파트가 몇 평이고, 얼마나 시세가 올랐고 앞으로 자산을 어떻게 관리해야 되고... 거의 다 돈에 관련된 대화 내용이다. 그래도 내가 선교사인데 대기실에서 그런 대화에 쿵짝을 맞추는 것도 어색해서, 그냥 조용히 눈을 감고 앉아 기다린다. 그래도 내 두 귀는 열려 있어서 그들의 대화를 듣게 되는데 막상 얘기를 들으면 귀가 솔깃해지면서 '나도 뭐 좀 모으고 노후를 대비해서 준비를 좀 해야 되는 거 아냐?' 이런 고민이 생기기 시작한다.

언젠가 볼일을 다 마치고 건물 주차장에서 나가려는데 당시 텔레비전에 많이 나오던 연예인과 마주쳤다. 그 친구도 마침 주차장에서 나오던 중이었다. 나 보다는 훨씬 후배인 친구였다. 그런데 그가 차를 멈추더니, "형님, 먼저 가세요." 선배인 내가 먼저 가도록 배려를 해 주었다. 그 후배의 차를 보니 BMW 740이었다. 내 차는 변함없이 삼성 SM5. 그 후배가 내 차를 보더니 얼른 "아, 형님은 벤츠를 타셔야 되는데… 죄송합니다." 하고 말하고는 깍듯한 인사를 건넸다. 나는 그 후배의 말이 기분 나쁘지 않았다. 그 말은 즉, 내가 벤츠를 타도 될 정도의 뮤지션이라고 나를 생각을 해 준 것이고 그런 후배의 마음이 고마웠다. 솔직히 나는 괜찮았다. 차는 차 일뿐… 그런데 나도 사람인지라, 종종 내 안에서 서로 다른 가치관의 문제가 자꾸 충돌할 때가 있다.

믿지 않는 뮤지션들이 교회에 대해 이러쿵저러쿵 말하면 나는 그들에게 이렇게 말한다. 그래도 아직은 세상보다 교회가 훨씬 낫다고. 세상 사람들의 대화는 온통 아파트 평수 이야기, 물가가 얼마나 올랐나? 어디 지역 부동산이 돈이 된다느니 전부 이런 이야기이다.

예전에 나는 명품만 착용했던 사람이다. 수천만 원을 호가하는 양복을 티셔츠 몇 벌 사는 정도로 고르고 샀었다. 자동차도 포르쉐 011 날개 달린 것으로 타고 다녔다. 그런데 지금 삼성 SM5 타고 다니는데 누군가 나에게 물어보면 나는 지금이 더 행복하다고 말한다. 철이 들어서가 아니라 내가 소중하게 여기는 가치가 달라졌기 때문이다.

우리에게는 이 세상의 모든 가치 위에 있는 좋은 예수님이 있다. 우리는 그저 무릎을 꿇고 예수님께 나아가서 예배드리고 찬양하고 그 이름을 높이면 된다. 물론 내 인생에도 고민거리가 많이 있다. 당장 오늘 내일 아니면 이번 달에 해결해야 하는 문제들이 늘 있다.

그러나 내가 할 수 없는 일이기 때문에 전능하신 하나님께 다 맡길 수밖에 없다. 내가 부족하지만 하나님이 나를 사용하시고 이만큼 이끌어 가시는 이유를 곰곰이 생각해 보았다. 그것은 바로 내가 가능한 빨리 승복한다는 것이다. 나같이 삶에 굴곡이 많은 사람은 승복을 잘 한다. 나처럼 싸움을 많이 한 사람들 역시 승복을 잘 한다. 왜냐하면 상대방이 나보다 센지 약한지 금방 알기 때문이다. 그런데 싸움을 안 해본 사람은 자기가 죽는 줄도 모르고 죽기 살기로 달려들어 피터지게 얻어맞는다. 인생의 지름길은 하나님 앞에서 빨리 승복하는 것이다.

우리 인생에서 기적은 뜻하지 않게 큰돈이 생기거나 갑자기 좋은 집이 생기는 그런 것으로 생각할 수도 있다. 물론 나쁘지는 않지만, 이것이 전부는 아니다. 가장 어려운 시간 속에서 오히려 축복할 수 있는 일이 생기는 것, 힘든 가운데도 기쁨을 발견하는 것, 나의 극심한 고통 속에서도 형제자매를 위로하고 남을 바라 볼 수 있는 것. 바로 이와 같은 일들, 사람이 쉽게 할 수 없는 일을 하는 것이 진정 위대한 일이며 기적의 삶이다.

'수십 년간 약물에 중독되어 몸이 망가진 내가 아빠가 될 수 있었을까?'

하나님이 하시는 일은 위대하다. 사람이 하는 일과는 결이 다르다. 숭고하고 고매하며 아름다우며 결이 있고 티가 난다.

내 딸이 태어나고 돌이었을 때 나는 그때 내 아이에게 아무것도 해 줄 수가 없었다. 단 몇 불도 없었다. 그 큰 집 앞에는 벤츠 500을 세워 놓고 가스비가 없어서 어디 갈 수도 없는 처지였다. 그때가 한참 주님께서 나를 훈련하시던 때였다. 딸아이에게 뭔가를 선물 해 주고 싶은데 무엇을 선물할 수 있을까 답답한 마음에 기도를 했다.

"하나님, 참 자존심이 상하는데, 아이에게 선물을 해 주고 싶은데 돈이 없어요…"

"노래를 하나 만들어서 줘라. 넌 할 수 있잖아."

아! 나의 자존심을 챙겨 주시는 하나님의 센스. 그래서 나는 내 딸 예원이를 위해 노래 하나를 만들었다. 우리 예원이라 자라면서 이 노래를 배워서 다른 사람을 축복해 주는 모습을 보면서 정말 나는 감사하지 않을 수 없었다.

예원이를 위해 만든 곡이지만, 지금 여러분을 위해 이 곡을 들려드리고 싶다. 우리 모두가 얼마나 소중하고 사랑받는 존재인지를 꼭 기억하길 바란다. 지금 잠시 어려울 수 있고 주춤거리는 것 같지만 하나님을 신뢰하고 의지하면 여러분 삶에 놀라운 일이 일어날 것이다. 그렇게 인도하실 주님을 마음껏 기대하시길 바란다.

축복의 선물

지노박 작사 · 작곡

내 딸 예원이와의 대화

:
:
:
:
:

예원이가 9살 되던 해 어느 날 내게 물었다.

"아빠는 공연을 하면 돈을 많이 받는 다고 사람들이 말 하는데,
왜 돈을 많이 받지 않는 곳에만 가요? 왜, 돈을 많이 벌지 않아
요?"

천진난만한 표정으로 이렇게 물어보니, 어떻게 대답을 해 주어
야 잘 이해할 수 있을까 살짝 고민을 하며 대답해 주었다.

"아빠는 아빠가 좋아하는 일을 하고 있단다. 그 일이 가장 가치
있는 일이라고 생각되기 때문이란다. 돈을 좋아하면 돈을 벌겠지?
예원이도 예원이 친구들도 장난감 좋아하고 스마트폰 좋아하지?
무엇이든 좋아하면 마음이 간단다. 아빠가 하는 일이 가장 귀하고

소중하다고 생각하기 때문에 돈이랑 관계없이 하는 거란다."

그 다음해 예원이가 10살이 되던 해 차를 타고 가족 여행을 가고 있었다. 차에서 도란도란 얘기를 하던 중에 예원이가 훅 던진 한 마디에 나는 큰 감동을 받았다.

"아빠, 아빠가 왜 그렇게 돈을 안 벌고 여기저기 다니는지 이제 알 것 같아요. 나도 커서 아빠처럼 어른이 되면 사람들에게 기쁨을 주는 일을 할 거예요. 세계를 다니면서 어려운 사람들을 만날거에요."

'내게 이만한 큰 위로가 또 있을까? 내 인생에 이만한 보상이 또 있을까?'

가족 모두 식탁에서 식사를 하던 중이었다.
딸 예원이가 내게 물었다.
"아빠는 왜 펭귄처럼 걸어요?" 그때 나의 심장이 멎는 것 같았다.
'아, 때가 왔구나!'

아빠 다리가 불편하다는 것을 별로 인지하지 못했던 어린 딸이 이제 자라서 아빠 다리가 불편하다는 것을 알게 되었다. 나는 얼른 방으로 자리를 옮겼다. 어떻게 이야기를 해 줘야 예원이가 편하게 받아드릴 수 있을까, 딸 친구들 아빠와는 다른 아빠의 모습을 어떻게 설명을 하면 좋을까? 혼자서 고민하다가 다시 식탁으로 돌아왔다.

내가 무슨 말을 하려던 찰나에 예원이가 이렇게 말하는 것이 아닌가!

"아빠, 그런데 나는 펭귄이 좋아요."

나는 이 말을 듣고 눈물겹도록 딸이 고맙고 사랑스러웠다.

나도 어릴 때 남들과는 다른 내 모습을 보면서 장애를 가진 내 모습이 싫었다. 나도 장애인이 아니고 싶었다. 그런데 나이가 들수록 불편한 다리는 나의 가장 소중한 신체의 일부가 되었다.

아내와 대화중에 농담 섞인 진담으로 약간의 불만을 토로했다.

"여보, 당신은 내 다리가 불편하다는 것을 좀 참작해 줘야 해."

그런데 아내의 대답이 놀라웠다.

"아! 참, 당신이 다리가 좀 불편하지, 내가 당신과 15년을 함께 살았는데 당신이 다리가 불편한 사람이라는 것을 별로 의식하지 못했어. 미안. 당신이 워낙 자신감이 넘치고 밝으니까, 당신의 불편한 다리가 전혀 장애로 느껴지지 않아."

나에겐 이 말이 한없는 칭찬으로 들렸다.

두 눈에 넣어도 안 아픈 내 딸 예원이지만, 가뭄에 콩 나듯 아주 가끔 아빠로서 혼을 낼 때가 있다. 내 품의 딸인 양 마냥 좋았는데 이제는 좀 컸다고 아빠한테서 멀어지는 것 같아 속으로 섭섭하던 차였다. 그렇게 혼 낼 일도 아닌데 한번은 예원이를 야단쳤다.

그날 저녁도 매일 잘못한 것을 떠올리며 회개의 기도를 드리던 중이었다. 솔직히 예원이를 혼내고 마음이 편치 않았다.

"하나님 아버지, 제가 오늘 예원이를 혼냈습니다. 제가 좀 심했 던 것 같습니다. 제가 실수를 한 것 같아요. 예원이가 잘못하긴 했거 든요, 그런데 제가 성질을 좀 드러낸 것 같습니다. 아버지 용서해 주 세요. 어린 딸이 뭘 안다고, 딸이 나쁘다고 나만 하겠어요?"

갑자기 얼굴이 화끈거리며 지난날의 내 모습이 떠올라 엄청 회 개를 했다. 내 마음속에서 예수님이 이렇게 말씀하시는 것 같았다.

"네가 무슨 자격으로 딸을 그렇게 혼을 내냐? 너를 생각해 봐라."

불현 듯 12살 때 동네 유리창을 다 깨고 돌아다니며 놀던 것이 생 각났다! 까맣게 잊고 있었는데…….

나를 돌아보니 나는 누구를 비방하는 삶을 살아서는 안 되는 사 람이었다. 겸손과 인품이 좋아서가 아니라 나는 정말 누구를 비방하며 살 자격이 없는 사람이라는 것을 너무 잘 알고 있다. 내가 어렸을 때 다리가 불편하다는 이유로 얼마나 놀림을 많이 받았는지 모른다. 어릴 때부터 이미 깨달았기 때문에 누군가를 비방하는 것을 내가 가장 싫어했다.

예원이 엄마가 나한테 하는 말을 듣고 난 깜짝 놀랐다.

"난 예원이가 말썽부렸던 일이 하나도 생각이 안 나."

엄마가 나에게 해 준 말이랑 똑같았다. 아버지는 나에게 이렇게 말씀하셨다.

"나는 모른다. 나는 네가 사 준 가죽잠바밖에 기억이 안 난단다."

그런가보다.

부모님은 자식이 아무리 속상하게 해도 그 모든 것을 덮고도 남을 만큼 우리를 사랑하신다.

이제야 깨달았다. 내가 어렸을 때부터 목회자 가정에서 자라서 교회에서 성장한 것이 힘든 세상을 살아가는데 있어서 얼마나 큰 힘인지. 나의 의지와는 관계가 없었지만, 아버지 체면을 살려 드리려 마지못해 아버지 교회에서 찬양 반주를 했던 나의 모든 시간들이 의미 없이 흘러간 세월이 아니었다. 비록 나의 믿음이 굳건하지 않았지만 그래도 세상의 풍파를 겪으면서도 다시 내가 있어야 할 자리로 되돌아 올 수 있었던 것은 바로 아들을 향한 아버지의 사랑의 힘 때문이었다.

비록 가장 꽃 피울 수 있었던 아름다운 청년의 때에 하나님을 찬양하지 못하고 마약으로 인생의 밑바닥까지 내려갔지만, 이제라도 내 인생을 오로지 하나님만 찬양하며 '죽으면 죽으리라' 이런 근성으로 살고 있는 지금의 내 삶이 정말 행복하다.

한국에서 활동을 하면서 가족들의 이해와 격려 그리고 지지가 없었다면 감당하기가 어려웠을 것이다. 늘 욕심 없이 작은 것에 감사해 주는 아내에게 미안하고 그런 아내가 사랑스럽다. 나같이 부족한 사람을 귀하게 여겨주는 가족이 있기에 나는 또 힘을 내고 살아갈 수 있다. 내게는 너무나도 큰 힘이 되는 최고의 응원자 아내와 예원이에게 정말 고맙다.

지노 코코쑈, ZINO COCO SHOW

우리나라 대표 공영교육방송국인 EBS 방송 어린이 프로그램 시그널 뮤직을 만들어 달라는 제의를 받았다. 하루에 2분 분량의 곡을 11곡 정도 만들어 내야 하는 작업이었다. 스튜디오에서 음악을 만들면서 담당 PD를 알게 되었는데, 이분도 음악을 전공한 분이셔서 그랬는지 나의 음악 활동에 관심을 많이 갖고 있었다. 내가 해야 할 모든 작업을 다 마치고 가려는데 프로듀서가 나에게 유튜브 채널을 함께 해 보자고 제의를 했다.

처음에는 일반 대중들과 함께 할 수 있는 잘 알려진 팝송과 대중음악을 노래하고 연주하는 유튜브 채널을 기획하고 시작했다. 그러던 중 '새롭게 하소서'라는 기독교 프로그램에 내가 출연하면서 채널 구독자 수가 갑자기 수천 명으로 폭발적으로 증가하면서 생각지도 못한 찬양 채널로 바뀌게 되었다.

코코쑈를 진행하면서 전혀 상상도 못한 놀라운 일들을 경험하게 되었다. 처음에 기획했던 대로 진행된 것은 아니지만 보이지 않는 어떤 손이 안내하는 것을 느꼈다. 이전에 알지 못했던 많은 분들과 소통하게 되면서 내 인생의 새로운 장이 펼쳐졌다. 코코쑈를 진행하면서 모르는 사람들이 가까이 오면 움찔하고 피하려고 했던 나의 성향이 조금씩 바뀌기 시작했다. 그리고 예전에 사람들한테서 정죄받았던 나의 오랜 상처들이 조금씩 치유되는 것 또한 경험했다.

어떻게 알고 오셨는지 실시간 댓글로 인사를 해 주시는 분들이 그렇게 반가울 수 없다. 얼굴도 모르고 이름도 모르지만 우리나라와 해외에 계신 분들과 댓글로 인사를 나누다 보면 이 세계가 참 가깝게 느껴진다. 누구든 먼저 인사를 나누면 서로서로 반갑게 안부를 전하고 또 기도제목이 올라온 분들을 위해 마음을 모아 기도하는 모습이 참 아름답다.

나 또한 어디서 어떤 분들이 들어오셨는지 기대가 되고 설레서 코코쑈를 진행할 때마다 입장하신 분들의 이름을 부르며 반갑게 인사하며 기쁘고 감사한 내 마음을 전한다. 가끔씩 스튜디오나 혹은 공연장에서, 교회에서 실제로 만나게 되면 처음 보는데도 이미 오래전부터 알고 지낸 사람처럼 참 친근하다.

코코쑈를 진행하면서 어느 때고 감동이 오면 즉흥적으로 이벤트를 할 때가 있다. 그때마다 놀라운 일을 경험한다. 많지만 그 중에

두 가지만 자랑을 하고 싶다. 밤늦은 시간까지 코코쑈가 진행되다 보니 방송이 끝나면 스태프로 섬겨 주시는 분들이 무척 배가 고픈데 한번은 거의 끝날 시간 즘에 '오늘 밤 치킨 쏘는 축복을 받으실 분, 선착순으로 받습니다.' 라고 멘트를 날렸는데 여러분들이 간식을 서로 사 주시겠다고 하셔서 한동안 방송 끝나고 맛있는 치킨으로 허기진 배를 채울 수 있어서 감사했다.

네팔 청년들 음악 교육을 하러 갔을 때의 일이다. 나는 주최 측의 배려로 좋은 호텔에 머물면서 맛있는 식사를 할 수 있었다. 하루는 피자를 먹었는데 정말 맛있었다. 아이들에게도 그 피자를 꼭 먹이고 싶었다. 어떻게 사 줄 수 있을까 생각하다가 네팔에서 진행하는 코코쑈 방송 중에 '네팔 청소년들에게 맛있는 피자 사 주고 싶으신 분 선착순입니다. 아이들에게 맛있는 피자를 사 줄 수 있는 특별한 기회, 놓치지 마세요.' 말이 떨어지자마자 많은 분들이 참여해 주셔서 네팔 친구들이 평소에 먹기 힘든 비싼 호텔 피자를 맛있고 배부르게 다 먹을 수 있었다.

셀 수 없이 많은 아름다운 사연이 코코쑈에 있다. 얼마나 감사한 일인가!

또한 개인적으로 쿄쿄쑈 공식 이멜로 휴대전화로 많은 분들이 연락을 주셔서 만나는 일도 자주 있게 되었다. 그중에는 나처럼 중독에 빠져있는 사람들도 있었고 내일을 기약할 수 없는 중병으로 고통 받는 사람들도 있었다. 또 말할 수 없는 수많은 이유와 상황으로 인해 힘겹게 살아가는 사람들을 만나게 되었다. 내가 아파보지 않았다면 그리고 그 깊은 깜깜한 고통의 수렁에서 허우적거리지 않았다면 알 수 없었을 그 사람들의 고통을 가슴으로 절감할 수 있었다. 그들과 함께 울고 아파하며 어느새 나는 그들을 위해 매일 기도를 하게 되었다. 그들이 고통 가운데서도 그 상황을 이겨내고 견뎌낼 수 있기를 바라며 하나님께 기도를 하게 되었다.

코코쑈 공식 이멜을 통해 편지를 받았다. 구구절절 사랑하는 아들을 향한 어머니의 눈물 젖은 이야기였다. 하나밖에 없는 외동아들이 마약에 심하게 중독되어 도무지 도울 방법이 없다는 이야기였다. 그 편지를 읽으면서 이 친구를 꼭 만나야겠다는 생각이 들어서 먼 곳이었지만 기꺼이 찾아갔다.

처음 그를 만났을 때 그의 멋진 외모 때문에 가슴이 너무 아팠다. 나 혼자 마음속으로 가슴을 치며 하나님께 울부짖었다.

'하나님, 저렇게 멋지고 잘생긴 청년이, 지금 자신의 가치를 알지 못한 채 심한 중독에 빠져있어요! 하나님 이 형제가 자신이 얼마나 소중한 존재인 줄 알게 도와주세요.'

그가 힘들어 하는 모습을 곁에서 보게 되었다. 내가 도울 수 있는 방법은 없었다. 고민 끝에 네팔 음악학교 선교 일정이 있었는데 그냥 묻고 따지지 말고 나와 함께 가자고 했다.

그 형제가 처음으로 경험하는 네팔, 작은 것 하나가 얼마나 소중한 지를 배우는 시간이 되기를 바랐다. 형제는 금단 현상 때문에 무척 힘들어 했다. 고통을 이기기가 힘들어 방에서 혼자 몰래 술을 마셨다는 것을 알게 되었다. 나는 그 형제의 심정을 너무나 잘 알았다. 그러나 거기서 나오지 못한다면 결국 죽음에 이르게 되는 것이 불 보듯 뻔했기에 나는 그를 포기할 수 없었다. 약을 중단하는 것이 얼마나 어렵고 힘든 일인지, 절대로 자신의 의지대로 되지 않음을, 죽음이 보이는 상황에서도 벗어나지 못하는 것을 알기에 나도 괴로웠다. 나는 그 형제의 손을 잡고 끌어안고 격려했다.

"네가 지금 얼마나 힘든 지를 생각할 때 마음이 아프다.

끊고 싶어 하는 너의 모습을 바라보며 너무 가슴이 아프다.

그래도, 이겨내야 한다."

일 년이 지난 후 다시 그를 만나게 되었다. 마음이 고운 여자 친구를 사귀고 있었다. 감사했다. 마치 내가 다시 태어난 것처럼 기뻤다. 그들의 부모님들도 기뻐했고 모두가 다 기뻐하며 감사했다. 그리고 그 둘이 곧 결혼한다는 소식을 전했다.

'주님, 감사합니다!

For nothing is impossible with God.

하나님께 불가능은 없습니다.'

❧

분명히 내가 할 수 없는 일이었다. 그 형제도 할 수 없는 일이었다. 부모들도 지쳐서 손을 놓을 지경에 있었던 상황이었다. 그 누구도 할 수 없었던 일이다. 나는 이 형제의 변화와 새 삶을 허락하신 하나님께 감사드린다.

술이 아니면 일상생활을 제대로 할 수 없는 한 여성분의 이야기이다. 이분 역시 코코쑈를 통해 알게 되었는데 알코올 중독으로 가족들과 주변 사람들에게 근심거리였다. 그런데 그 분의 삶에 놀라운 변화가 생겼다는 이야기를 전해 들었다.

코코쑈 실시간 연주에서 마음껏 소리 질러 찬양하고 기도하면서 술을 끊게 되었고 이전과 다른 새로운 삶을 살게 되었다는 소식이었다. '와우!' 그 소식은 정말 우리 코코쑈 가족 모두에게도 최고의 선물이었고 감사였고 기쁨이었다. 삶의 의미를 잃어버린 사람들이 새로운 소망을 가지고 활력을 얻었다는 코코쑈의 수많은 답 글을 읽을 때 마다 코코쑈를 통해서 하나님이 하시는 모든 일에 놀라울 따름이다.

어떻게 된 일인지 내가 알지도 못하는 단체와 교회로부터 사역 문의가 많이 들어왔다. 유튜브의 알고리즘 때문인지 방송 조회 수가 계속적으로 증가하면서 코코쑈가 물결처럼 퍼져서 황성주 박사님 병원과 연결이 되어 '힐링 콘서트'를 진행하게 되었다. 연이어 여러 지역 교회에서 찬양 집회, 김포시, 세종시 홍보대사로 임명 받게 되는 데까지 이르렀다.

수많은 공연을 하게 되면서 노인 무릎 관절 수술 비용 모금 콘서트 등 필요로 하는 곳에서 아름다운 선한 일을 하는 도구로 사용 받고 있다는 사실이 정말 감사하다. 좋으신 하나님께서 다시 한 번 나를 그분의 계획 속에서 일 할 수 있도록 하셨다. 코코쑈는 금세 우리나라뿐만 아니라 미국, 캐나다, 일본, 네팔, 호주, 독일 등 세계 각지에서 함께 하는 모두의 삶을 나누는 소통의 공간이 되었다.

연약한 사람들이 서로 함께 격려하고 위로하는, 누구의 것도 아니고 오직 주님이 주인공이 되어 일 하시는 기쁨과 감사와 회복의 채널이다. 코코쇼를 통하여 치유하시고 회복하게 하시는 하나님의 놀라운 일들을 믿음의 눈으로 바라본다.

세계무대를 향해

. . . . .

    개인적으로 아무런 연결 고리가 없는데 어떻게 된 일인지 몽골, 일본, 미국 등지의 정부기관에서 초청을 받아 연주를 하게 되었다. 중국에서의 음악 활동은 내가 베이징 뮤직 스쿨의 초빙 교수로 가르치게 되면서 시작되었다. 교수이다 보니 그 지역의 뮤지션들과 사회적으로 명망 있는 사람들과 알게 되고 좋은 관계를 유지하면서 나의 공연 스케일은 더욱 커져갔다. 이어 빌게이츠 재단, 세계 비즈니스 포럼과 같은 세계적으로 영향력 있는 기관으로부터 초대를 받게 되었다. 캄보디아 관료들을 위한 콘서트장에서 문화부 장관과 형제를 맺고, 필리핀 로드리게즈 시장의 초청으로 필리핀에서 연주를 하고, 네팔에서는 유명한 방송인이자 다음세대에 많은 관심을 가지고 학교를 운영하고 있는

216

'Alok(알록)'을 만나 그와 형제처럼 지내게 되면서 네팔의 여러 가지 다양한 문화예술 공연프로그램을 기획하게 되었다. 현재는 정기적으로 네팔을 방문해서 수도 카트만두에 위치한 NKIC 학교에서 학생들을 지도하며 네팔을 이끌어 갈 지도자들을 키우고 있다.

내게는 오래전부터 버려지고, 소외되고, 잊힌 사람들을 향한 특별한 마음이 있었다. 그들도 '할 수 있다'는 메시지와 함께 도전 할 수 있는 기회를 주고 싶다. 누구든지 할 수 있다는 가능성을 전하기 위해 나는 기꺼이 많은 곳을 돌아다닌다.

'나 같은 사람도 할 수 있는데, 누구든 할 수 없을까?'

중국 베이징 이스라엘 공관에서 공연할 때의 일이다. 각 분야의 지도자들이 참여했던 모임에서 공연을 하게 되었다. 마지막 곡으로 "Bridge over troubled water 험한 세상에 다리가 되어" 이 곡을 부르고 자리에서 일어나 청중을 향해 인사를 하고 있었는데 한 신사분이 나를 향해 걸어왔다. 얼른 보아도 제법 높은 위치에 있는 분 같아 보였다. 그의 눈을 보니 눈가가 촉촉했다.

"You are something special, I love you. 당신은 아주 특별해요, 사랑합니다."라고 말하며 눈시울을 적셨다.

나는 아직도 그때의 감동을 기억한다. 나에게는 매일이 새롭고 예측할 수 없는 만남과 상황이 펼쳐진다. 나는 하루하루의 삶에 감동하고 감격한다.

'어떻게 나에게 이런 일들이 주어지고 또 내가 감당해 내며 살 수 있게 된 걸까?'

이전과는 완전히 다른, 나의 뒤바뀐 삶을 보시고 언젠가 어머니께서 내게 말씀하셨다.

"나는 아직도 믿어지지가 않는다.

이렇게 변화된 너의 삶을 내 눈으로 보면서도 정말 믿어지지가 않아."

'도대체 하나님의 능력은 어디까지일까?'

내 머리로는 도무지 상상이 되지 않는다. 지금도 나에게 일어나는 모든 일은 나의 노력의 결과물이 아니라는 것을 내가 너무나 잘 알고 있다. 나는 이미 오래전에 아무런 소망 없이 죽은 사람과 다름없다. 나 스스로도 나를 포기했던 못난 사람이었다. 그러나 오물을 뒤집어 쓴 나를 외면하지 않으시고 깨끗이 씻어서 다시 살 수 있도록 이 모든 길을 열어주신 분은 전능한 하나님이심을 나는 감히 고백할 수 있다.

'이 모든 것은 절대 나의 노력이나 의지로 된 것이 아니라, 오직 전능하신 하나님이 다 행하신 일이다.'

앞으로 내 삶의 방향을 '행복을 잇는 다리의 삶'으로 잡았다.

대한민국을 너머 세계를 향해 기쁨과 행복을 이어주는 일에 집중하고 싶다. 더욱 겸손한 삶과 더욱 아름답고 성숙한 음악으로 '행복을 잇는 다리의 삶'을 실천하며 살아나갈 것이다.

"A Bridge to Happiness"

선교의 현장으로 이끌림, 네팔

네팔의 수도 카트만두에서 비행기로 한 시간 거리에 있는 이탈리라는 신학교에서 코로나 전까지 두 달에 한 번 씩 가서 100여명의 학생들을 가르친 다음 곧바로 카트만두에 가서는 MK 자녀들 90여명을 지도했다. 네팔의 6월 여름의 더위는 상상을 초월한다. 가만히 서 있기만 해도 땀이 바지로 뚝뚝 흘러내릴 정도다.

뎅기 모기가 있어서 당시 모기에 물려 18명이 사망하는 사건이 있었던 그때였다. 나에겐 모든 환경이 생소했다. 하루 종일 진행되는 수업에 많이 지쳤고 음식도 맞지 않아 힘들었다. 후덥지근한 방 안에 들어가 쉬려고 씻으려니 더운 물이 나오고 심한 땀띠 때문에 간지러워 새벽 4-5시가 되도록 잠을 이루질 못했다. 정말 미치도록 가려웠다. 얼마나 심하게 긁었는지 손에 피가 묻어 나왔다. 온 몸에 열이 오르고 어지러웠다.

'혹시 뎅기 모기한테 물린 건 아닐까?

뎅기 모기에 물려 죽은 사람이 많다는데…….

그럼 이곳에서 내가 마지막을 맞는 것일까?'

별의별 생각이 다 떠오르는데 내 팔을 보고 순간 경악을 금치 못했다. 좁쌀 만한 크기의 까만 벌레 같은 것들이 내 팔과 다리에 다닥 다닥 붙어 있었다. 소름끼칠 정도로 징그러운 모습이었다. 네팔 동부의 어느 작은 마을, 아무도 없는 방 한 구석에서 혼자 그렇게 고통의 시간을 보냈다. 어슴푸레 태양이 떠오르고 날이 밝으려고 하는 그즈음, 알 수 없는 평안이 나를 덮는 경험을 하게 된다. 모든 불평은 한순간에 사라졌다.

'이 상황 또한 주님의 뜻 가운데 있다면 내가 두려워 할 것이 없지 않은가. 내가 어차피 네팔에 죽으려고 왔는데…….'

이런 마음이 들자마자 순간 상황이 완전히 역전이 되었다. 나는 홀로 찬양하기 시작했고 바로 깨달을 수 있었다. 내가 원하는 것과 주님이 원하시는 것이 다르다는 것을. 난 모든 상황을 바꿔 달라고 기도했지만, 주님은 내가 이 상황을 견딜 수 있는 믿음을 주셨다. 아무것도 없는 적막한 방에서 홀로 찬양을 드렸다.

이곳이 천국이었다.

"은혜 아니면 살아 갈 수가 없네, 호흡마저도 다 주의 것이니."

나는 꿈에도 네팔을 생각해 본적이 없다. 네팔이 어디있는지도 몰랐다. 그러던 어느 날 누군가로부터 네팔에 대해 듣게 되고, 네팔을 방문해 보라는 권유를 받았고 네팔로 가기로 결정했다. 그러나 그 시기에 안 좋은 소식을 듣게 된다. 외국인이 그곳에서 사역을 하다가 잡혀서 감옥에 갇혔다는 소식이다. 그중에는 나와 같이 미국 시민권자도 있었다고 한다. 걱정스러웠다. 주위에 많은 분들이 지금은 상황이 좋지 않으니 조금이라도 안정이 된 후에 가는 것이 좋겠다고 조언해 주셨다.

나는 지혜를 구하며 기도했다. 그러나 내 마음은 이미 네팔로 향했다. 나는 주저하지 않고 네팔로 떠났다. 놀랍게도 그곳에서 20여 년 동안 네팔 현지인들과 함께 살고 있는 귀한 선교사님을 만나게 된다. 여자의 몸으로 가정도 없이 홀로 자신의 삶을 송두리째 사역에 던진 귀한 분이다. 하나님은 이분과의 만남을 통해 일을 열어 가셨다. 모든 것이 전적인 하나님의 계획 아래 진행되었음을 알게 되었다.

내가 처음으로 네팔을 방문했을 때를 기억한다. 길을 가다가 트럭 짐칸에 실려 가던 몇 명의 아이들을 보게 되었다. 그중에 어떤 아이가 내 눈에 들어왔다.

'저렇게 예쁠 수가 있을까!'

아마도 한국에 태어났더라면 아이돌 스타가 될 수 있을 정도로 이목구비가 빼어나고 너무 예뻤다. 그 트럭을 탄 아이들은 벽돌을 찍어내는 벽돌 공장으로 간다고 했다. 학교에서 한창 공부해야 할 아이들이, 그렇게도 아름다운 외모를 가진 아이가 험한 일을 한다는 얘기를 듣고 너무 마음이 아파 눈을 뗄 수가 없었다. 그때 나는 마음을 먹었다.

'자신의 존재가 얼마나 소중한지 모르고 있는 아이들에게 자신이 얼마나 소중한 존재인지를 말해주리라.'

나의 좋은 형제 네팔의 유명 엔터테이너이자 프로듀서인 알록은 연약하고 소외된 사람들을 향한 따듯한 심장을 가지고 있는 멋진 사람이다. 그와 함께 음악교육과 다양한 예능 프로그램을 구상하고 있다. 소박한 나의 바람은 네팔의 재능 있는 청년들이 제대로 된 음악교육을 받고 문화예술을 통하여 더 넓은 세상을 향해 나가 그들의 꿈을 펼치는 것이다.

교도소 콘서트

· · · · ·

나는 교도소를 참 많이도 들락날락했다. 국내 교도소 방문공연은 안양 교도소, 청송 교도소를 중심으로 다녔고, 전국에 있는 소년원 몇 곳도 방문했다. 국외로는 미국, 몽골의 각 주립 교도소 및 중독보호기관에 방문해서 수차례 공연을 했다.

수많은 교도소를 방문했지만, 여주에 있는 '소망 교도소'는 내게 특별한 곳이다. 내가 홍보대사로 활동했던 세움기관의 소개로 소망 교도소에서 콘서트를 하게 되었다. 나의 첫 공연이 강렬했던지 지금까지 시간이 주어지는 대로 소망의 형제들을 만나러 간다. 이상하게도 교도소에서 공연을 하면 마음이 편하고 기쁘다. 모두가 나의 형제라는 생각이 들어서 일까? 만나고 헤어질 때는 항상 아쉽다. 나는 늘 이렇게 생각한다.

'그들은 들킨 죄인, 나는 안 들킨 죄인'

그렇다. 만일 내 죄가 들켰으면 저들과 함께 나도 교도소에 있었을 것이다. 나는 그곳에 있는 형제들과 함께 식사도 하고 노래도 부르고 한판 신나게 음악축제를 벌인다. 공연이 다 끝나고 헤어질 때에는 나는 수백 명의 형제들의 손을 일일이 잡고 악수를 하며 짧게라도 인사를 나눈다. 어떤 형제는 몸을 떨며 내게 감사의 말을 한다.

"감사합니다, 행복했습니다."

소망 교도소 직원들의 형제 사랑은 참 특별하다. 자신들의 식사대금을 조금 줄여서 형제들이 좀 더 영양가 있는 음식을 먹을 수 있도록 보태었다는 이야기를 전해 들었다. 그곳에 갈 때마다 나는 직원들 모두가 교도소에 있는 형제들을 진심으로 대한다는 것을 느낀다.

한번은 콘서트 무대 현수막이 '지노박 선교사 초청 힐링콘서트'라고 되어 있는 것을 보았는데, 그 현수막의 문구가 내 마음에 들지 않았다. 내가 조심스럽게 '지노박 형님 초청 힐링콘서트'로 바꾸어 달라고 요청을 드렸는데 흔쾌히 바꿔 주셔서 정말 감사했던 기억이 있다. 정말 나 같은 사람이 뭐라고 그렇게 나를 초청해 주셔서 함께 노래하고 이야기 나누는 시간을 내어 주시는지, 오히려 내가 그들에게 너무나 감사하다. 나의 작은 재능이 형제들에게 작으나마 기쁨의 시간을 선물할 수 있다고 생각하니 감격의 눈물이 맺혔다. 형제들과 함께 희망의 메시지를 나누면서 '울컥' 눈물을 삼킨 적이 여러 번이다.

최근 들어 약물 중독으로 수감된 형제들이 증가하는 추세라고 한다. 약물 중독으로 힘들어 하는 형제들의 회복을 위한 정규 강의와 힐링콘서트를 어떻게 구성하여 진행 할지에 대해서 현재 소망교도소와 협의 중에 있다. 나의 소박한 바람은 소망의 형제들과 함께 꿈을 만들어 가고 싶다. 나의 삶을 통해 놀라운 일을 이루셨던 하나님의 기적이 소망에서도 일어나기를 간절히 바라고 기도한다.

미국 연방교도소를 방문했을 때의 일이다. 특이하게도 다른 교도소와는 달리 그곳은 '세션 음악가(session musician:다른 음악가들과 라이브 공연이나 녹음 세션을 도와주는 악기 연주자나 보컬리스트)'들이 굳이 들어오지 않아도 된다고 소식을 전했다. 그 이유로는 이미 그 안에 많은 훌륭한 연주자들이 있기 때문이라고 했다. 나는 정말 그럴까 하고 반신반의 했다.

내가 도착했을 때 여러 흑인형제들이 나를 기다리고 있었다. 드럼, 베이스, 기타, 키보드 연주자에 이어 콰이어까지 구성되어 있었다. 물론 다 남자들이었고 대부분이 흑인형제들이었다. 나는 잠시 그들과 인사를 나눈 후에 바로 연습을 시작했다.

'와우~!' 정말 놀라울 만큼 수준급의 실력자들이었다. 콰이어 팀은 말 할 것도 없고 연주 팀들까지 그들의 연주는 전문 연주자들 실력에 뒤지지 않았다. 그중에는 꽤 유명한 음악 프로듀서도 있었다. 우리는 3시간 동안 멈추지 않고 찬양을 했다. 정말 행복한 시간이었다.

"너는 동양인이 아니야, 너는 우리 형제야!"

모두의 표정이 밝아지고 여기저기서 나를 향해 외치는 소리가 들렸다. 연주가 끝나고 우리 모두는 서로 허그를 하며 함께 기쁨을 나눴다. 막 나오려고 하는데 한 형제가 눈물을 흘리며 나에게 다가와서 말을 걸었다.

"나는 죄를 지어 이곳에 왔지만, 너의 연주를 들어보니 나도 얼른 나가서 연주 활동을 하고 싶은 꿈이 생겼어."

어린아이 같이 엉엉 울면서 나에게 말했다. 나는 그 형제를 따듯하게 안아주며 이렇게 위로의 말을 건넸다.

"여기서 네가 지은 죄에 대한 대가를 잘 치루고 밖에 나오면 꼭 만나자. 멋진 연주도 함께 하고 그러면 새로운 삶을 살 수 있을 거야."

나는 하나님의 일을,
하나님은 내일을

수만 명의 노숙자들이 참여하는 큰 행사가 Braves 구장에서 있었다. 아버지께서도 진행요원으로 함께 참여하는 행사였기 때문에 나에겐 더 특별한 행사였다. 행사 프로그램에 내 연주 순서도 있어서 리허설도 하고 아버지 일도 도와드리려고 일찍부터 행사장에 도착해 있었다.

행사가 시작되고 내 순서를 기다리며 대기실에 있는데 나에게 급한 메모가 전달되었다. 딸 예원이가 화상을 입고 응급실로 실려갔다는 메모였다. 순간 정신이 아득해지고 몽롱해졌다. 모든 것을 다 내려놓고 얼른 병원으로 달려가고 싶었다. 그러나 이러지도 저러지도 못하는 상황이었다. 지금 내게 주어진 일을 내팽개치고 갈수는 없었다. 기도했다.

"하나님, 제가 지금 맡은 이 일이 주님 보시기에 합당한 일이라면 우리 예원이를 지켜 보호해 주세요."

짧지만 내 온 맘을 다해서 간절히 기도드리고 바로 찬양인도를 위해 무대로 올라갔다. 무슨 정신으로 했는지 모를 정도였다. 무사히 다 마치고 너무 걱정이 되어 바로 병원으로 달려가는 도중에 연락이 왔다. 다리에 화상을 입었지만, 그리 염려할 정도는 아니라고…….

안도의 한숨으로 마음을 쓸어내렸다.
"오, 하나님 감사합니다!"

뮤지션으로서의 나의 꿈

:
:
:
:
:

대중음악계에서 얼마든지 자리를 잡을 기회가 내게
는 충분히 있었다. 지금도 물론 적지 않은 돈을 받으며 대중음
악 무대에서 나름대로 활동을 할 수도 있다. 그러나 내 마음속에는
늘 사람들과 소통을 하고 싶은 생각이 있다. 음악을 매개로 사람들
과 함께 어울리고 소통할 때 나는 가장 큰 기쁨과 행복을 느낀다. 특
별히 연약하고 소외된 사람들과의 만남은 내가 살아가야 할 의미와
힘을 준다. 그들과의 만남이 나를 더욱 나답게 만들어 주고 내가 사
는 이유이기에 나는 기쁨으로 감당하고 있다.

음악은 사람의 마음을 만지고 치유하는 힘이 있다. 창조주 하나
님께서 주신 커다란 선물이다. 내가 어디를 가든지 더 많은 사람들

과 만나서 아름다운 음악을 함께 나누고 싶다. 무엇보다 나의 음악이 사람을 위로하고 치유하는 목적에 사용되기를 원한다.

내가 정기적으로 방문하는 '사랑의 병원'은 암 환자들을 치료하는 병원이다. 그곳에서 영감 있는 음악을 연주하고 찬양을 부를 때면 누가 뭐라고 굳이 말을 하지 않아도 서로에게 힘이 된다. 함께 하는 시간동안 환우들은 지금 숨 쉬며 사는 삶에 대한 감사와 앞으로 얼마 남지 않은 시간이라도 감사하며 살아 낼 용기와 희망을 얻는다. 고통의 아픔 중에도 웃음을 잃지 않고 늘 함께 참여하는 암 환우들을 볼 때마다 나는 인생이라는 것이 얼마나 소중하고 아름다운지 새삼 깨닫게 된다.

앞으로도 더 많은 환우들을 만나려고 한다. 치유가 필요하고 회복이 간절히 필요한 사람들을 찾아다니며 그들의 아픔과 어려움을 내 마음으로 떠안고 함께 고민하고 극복해 나가고 싶다. 또한 정기적으로 힐링콘서트를 진행할 수 있는 공간을 마련하여 누구나 부담없이 편하게 찾아와서 쉼을 얻고, 음악과 삶을 공유하며 사람들과 소통하는 꿈과 계획을 가지고 있다.

무엇보다 회복이 필요한 사람들이 갱생할 수 있는 아트센터를 세우고 싶다. 학교에서나 사회에서 적응하기 어려운 친구들이 자신을 발견하고 새로운 삶을 살아갈 수 있도록 곁에서 지도해 주고 싶은 마음이 있기 때문이다. 그들을 위한 예술인 양성소를 세워 훌륭한 뮤지션들을 키워 내길 원한다. 학위를 따는 학교가 아니라 진짜재능을 타고난 예술인들을 양성하는 기관으로 연주를 기가 막히게 잘하는 친구들을 키우고 싶다. 본인이 잘 하는 분야에 흠뻑 빠져 열심히 배워서 가치 있는 일에 자신의 재능을 맘껏 발휘하면 중독을 이겨 낼 힘이 생긴다. 인간 승리의 "기적"을 만들어 내는 그런 센터를 세우는 것이 나의 간절한 꿈이다. 마치 내가 가진 재능을 사람들과 함께 나누며 새로운 삶을 찾게 된 것처럼 그들도 자신이 가진 재능으로 새로운 삶을 살 수 있다는 동기를 부여해 주고 싶다.

음악은 장르별로 색다른 매력이 있다. 대중음악, 팝, 재즈, 클래식에 이르기까지 모든 음악은 고유한 메시지를 가지고 있다. 다양한 장르의 음악을 넘나들며 역경을 이겨낸 사람들의 스토리와 연결하여 이전에 없었던 한 편의 영화와 같은 콘서트를 기획해서 무대에 올리고 싶다.

한국에서도 이러한 아이디어로 전국적으로 콘서트 투어를 할 수 있기를 소망해 본다. 이어 캐나다, 중국, 일본, 필리핀, 몽골, 캄보디아 등 이전에 방문했던 나라를 다시 찾아 사랑과 치유를 주제로 '이야기가 있는 음악회' 형식으로 현지인들이 직접 소통하고 참여할 수 있는 '함께 만들어 가는' 음악 공연을 기획하고 있다.

연주자와 청중이 음악을 매개로 서로 소통하며 청중의 적극적인 참여가 가능한 새로운 형식의 음악 콘서트를 도전해 보려고 준비하는 가운데 있다.

그저 멋드러지고 화려한 홍보의 문구가 아니라 정말 사람들의 마음에 다가가는 사랑과 위로와 평안과 치유가 있는 음악회를 정기적으로 공연하면서 좋은 공연 문화가 정착되도록 만드는 것이 나의 소박한 바람이다.

마약은 절대 안 돼! Just Say No!

나는 25년 이상을 마약에 빠져 있었다. 마약의 끝은 죽음이라는 것을 알면서도 나는 헤어 나올 수가 없었다. 어쩌면 나도 조용히 죽음을 맞이해야 했을 것이다. 같이 마약을 하다가 여러 명의 친구들이 내 눈 앞에서 죽어갔고 죽지 않은 대다수의 친구들은 정상적인 생활을 하지 못하고 폐인이 되고 말았다.

'정말 마약은 인생의 끝이다!'

아무것도 없이 길거리를 떠도는 노숙자 신세가 되어도 자신의 의지나 힘으로는 도저히 약을 중단할 수 없다. 자신의 의지로 약을 끊는다는 것은 사실은 불가능하다. 내가 지금 마약을 중단했다고 이제는 마약을 끊었다고 마음을 놓아서는 안 된다. 그것은 마약을 잠시 참은 것이지 아직은 끊은 것이 아닐 수 있기 때문이다.

내가 마약을 끊고 몇 년이 지난 후의 일이다. 다른 주에 살고 있는 친한 형 집에 방문해서 며칠 동안 함께 지내게 되었다. 별 탈 없이 잘 지내다가 마지막 날 밤잠을 자려는데 침대 밑에서 뱀 한 마리가 빳빳하게 고개를 쳐들고 나를 노려보면서 내가 누워 있는 침대 쪽으로 스르르 올라오는 것이 아닌가. 나는 너무나 무서워 얼른 자리에서 벌떡 일어나 거실 쪽으로 뛰어 나갔다. 놀란 내 마음이 진정 되지 않아 응접실을 한참이나 서성였다. 돌고 또 돌고 얼마나 시간이 지났을까? 형이 자다가 이상한 소리에 깨어 나와 한참동안 나의 이상한 행동을 지켜보았다고 한다.

'그 모습을 지켜 본 형의 마음이 얼마나 안타깝고 아팠을까?'

마약에 빠지게 되면 누구나 할 것 없이 그 신분이 순간 가해자가 되어버린다. 물론 의도하지는 않았지만 본의 아니게 사람들에게 피해를 주기 때문이다. 오직 마약을 구입하기 위해 온갖 거짓말을 만들어 내고 심한 환청이 들려오고 알 수 없는 영과의 소통을 하는 등 비정상적인 행동들을 한다. 가장 끔직한 일은 사랑하는 가족들에게 이루 말 할 수 없는 고통을 주는 것이다.

그러나 나는 마약 중독자들이 가해자라고 말하고 싶지 않다. 오히려 약물 중독자들은 철저한 피해자라는 생각을 오랫동안 해 왔다. 사람마다 어떤 경로를 통해 마약을 접하게 되었는지 다 다를 수 있겠지만, 본인이 원해서든지 아니면 자신의 의지와는 상관없이 타인에 의해 투약을 당했든지 간에 단 한 번의 마약의 경험은 너무나 강렬해서 이미 약물로 인한 피해자가 되어 버린다. 이점은 정말 안타깝고 마음 아픈 일이다. 경험이 있는 사람은 알 수 있지만 마약을 계속 하는 동안에도 끊고 싶어서, 중단하고 싶어서, 사람답게 살고 싶어서 몸부림친다. 그러한 노력에도 불구하고 자신의 의지로 감당할 수 없는 끝없는 고통의 터널로 힘없이 빨려 들어가는 것이 마약 중독이다.

오히려 진짜 나쁜 가해자는 오직 돈만 목적으로 사람의 영혼을 파괴하는 '마약 판매자(drug dealer)'들이 아닐까 싶다. 그들은 전혀 마약을 하지 않는다. 오직 마약을 주변에 퍼트리고 판매만 전문적으로 하는 딜러라서 그들은 엄청난 부를 쌓는다. 사람의 핏 값으로 돈을 버는 악마와도 같은 사람들이 진짜 가해자가 아닐까 반문해 본다.

마약은 나를 철저하게 속였고 나를 지배해왔다. 그렇게 죽음까지 몰고 가는 것이다.

"친구들이여, 마약은 절대 안 돼!

묻고 따지지 말고 그냥, 안 돼!

Just Say No!"

잠시의 쾌락을 위해 호기심에 마약을 해 보는 것도 괜찮다고 마약은 우리를 속이지만 절대로 쾌락을 누릴 수도 없다. 나는 분명히 말한다. 이상한 세계가 보이고 환청까지 듣게 된다면 그 시점은 자신의 몸이 한계에 다다랐음을 경고하는 신호이다. 즉 그 상황은 이미 몸이 버틸 수가 없는 한계에 이르렀음을 경고하는 '경고주의보(Warning Signal)'이다.

마약은 어떻게 해서든지 우리의 몸과 마음을 파괴하는 죽음의 존재일 뿐이다. 한 번, 두 번 투약할 때마다 죽음의 문턱에 다가가는 것임을 기억하기를 바란다. 아픈 고통을 줄여 주는 거라고 힘든 상황에서 벗어나게 해 줄거라고 약을 내미는 사람이 있다면 절대 그것을 받아서는 안 된다. 친한 친구이든 호의를 베풀며 다가오는 그 어떤 사람의 손도 절대 잡지 말고 뿌리치기를 간곡히 부탁한다.

사랑하는 나의 친구들이여, 이 한마디를 꼭 기억하자.

"마약은 죽음이다, 그냥 끝이다. 안 끊으면 죽는다!"
"마약은 절대 안 돼!"

여러분을 향한 나의 절규이다.

자격이 아닌, 사랑과 오랜 기다림

죽음이 아니면 끝날 것 같지 않았던 혹독한 고통의 긴 세월을 지난 후에야 비로소 나는 삶의 소중함과 진정한 감사를 배우게 되었다. 지난날의 부끄러운 나의 삶은 나조차 용서할 수 없는 분명한 죄이다.

어쩌면 과거의 나를 아는 사람들의 기억 속에 나는 여전히 마약 중독자로 남아 있을지도 모른다는 생각을 해본다. 그러나 사람의 생각과 다르신 예수님, 나를 위해 십자가에 달리신 예수님 때문에 나는 새 생명을 얻게 되었고 새로운 호흡으로 오늘도 숨을 쉬고 있다. 예수님께서 죽은 자와 다름없는 나를 살리셨다. 지난 아픈 기억들을 소중하게 생각하게 되는 것은 그 시간을 통하여 예수님을 만나게 되었기 때문이다.

  내가 하나님을 찬양하는 사람이 될 것이라고는 정말 단 한 번도 생각해 본적이 없었다. 내게는 그럴 자격이라고는 전혀 없다고 스스로 믿고 있었다. 그러나 하나님은 자격이 아닌 사랑으로 나를 안아주셨다.

  굳이 보지 않아도 될 것을 보았고, 겪지 않아도 될 일들을 참 많이도 겪었다. 걷지 말아야 할 길을 걸으며 수십 년을 허비했다. 나의 이야기들을 일일이 다 고백하자면 나를 미워하는 사람들이 많이 생길 것 같아 두려운 마음도 솔직히 든다.

  넘치도록 여유 있는 삶도 살았고 먹을 것이 없어 쓰레기통을 뒤지며 울어야 했던 비참한 삶에도 처해 보았다. 넘어지고 또 넘어지고 사역자의 신분으로도 넘어졌던 나는 정말로 연약하기 짝이 없는 사람이다. 나조차도 나를 포기했던 시간들, 수도 없는 죽음의 끝자락에서도 하나님께서는 나를 외면하지 않으시고 포기하지 않으시고 오늘까지 나를 인도해 주셨다.

  사랑하는 아내와 딸, 가족 친지들 그리고 나를 사랑해 주시는 모든 분들이 이 책을 읽을 것이라는 생각에 한없는 부끄러움이 밀려온다. 그럼에도 용기를 내어 나의 삶을 이야기 할 수 있는 이유는 지금까지 내가 죽지 않고 살아서 행하는 모든 것이 내게는 기적이고 감사이자 축복이기 때문이다.

이 책을 통해, 나는 이제 다 되었다, 겸손해졌다, 나는 이제 꽤 괜찮은 사람으로 변화 되었다고 말하는 것이 아니다. 매일 아침에 눈을 뜨면 선물로 받은 오늘 하루를 감사하며 승리하는 삶을 살 수 있기를 기도한다. 매일 매일 주님의 은혜가 없이는 살아갈 수 없는 나는 '여전히 연약한 사람'이라는 것을 고백한다.

생명은 가장 소중하고 귀한 것이다. 그러나 마약은 생명을 마치 파리 목숨 정도로 하찮게 여기게 만들고 결국 죽음에 이르게 하는 '악한 존재'이다. 마약은 온갖 거짓으로 속이는 사탄의 철저한 속임수다. 맨해튼 42번가에서 1차 마약을 중단한 후 다시 마음을 단단히 먹고 찬양 사역을 하던 중에도 나는 이해하기 어려운 후유증과 함께 알 수 없는 영적 무분별이 내게 있었음을 알게 되었다. 때로는 판단력이 흐려져서 내가 하는 행동조차도 인지하지 못하며 얼마나 많은 실수를 저질렀는지 모른다.

많은 분들이 나에게 물어본다.
"어떻게 하면 마약으로부터 자유로워질 수 있는지……."

반드시 기억해야 할 것은 중독의 중단은 '끊음'이 아니라 '참는 것'이 될 수 있음을 알아야 한다.

"나는 진심으로 끊기를 원합니다. 살고 싶습니다."

이런 절절한 고백은 대부분의 중독자들이 고통 속에서 호소하는 간절한 마음의 표현이다. 그러나 이러한 사람의 의지적 고백은 더욱 더 깊은 수렁으로 빠지게 된다는 것을 꼭 기억해야 한다.

"나 이제 안 해."

"나 이제 끊었어요."

"진짜로 다시는 안 해."

그렇게 수도 없이 속이는 것이 마약이다. 스스로 속고 속이고 모든 속임 앞에서 철저하게 무너지고 또 무너지고 넘어지는 것이 '마약'이다.

중독자들을 사회적인 가해자로 바라보기 보다는 고통 속에서 몸부림치는 피해자로 바라보는 시각이 필요하다. 중독자들에게 진짜 필요한 것은 사랑과 기다림이라고 감히 말해본다. 마약을 어떤 경로로 시작했든지 그 결과는 본인의 의지와 관계없이 상상할 수 없는 고통으로 이어질 수밖에 없기 때문이다.

나는 25년이 넘도록 마약을 숭배했던 사람이다. 그러나 '예수님'을 만나고 그분을 나의 주인으로 모시면서 완전한 승리를 선포하게 되었다.

중독으로 고통 받는 형제자매여, 당신의 강한 의지와 노력은 아무 능력이 없음을 빨리 깨닫기 바란다. 절대 사람의 힘과 의지로 되는 것이 아니다. 그러니 제발 당신의 모든 무거운 짐을 "예수님께 맡기라"고 간절한 마음으로 권하고 싶다.

내가 마약 중독으로부터 완전히 해방될 수 있었던 유일한 방법을 여러분들께 알려 드리고자 한다. 그 답은 바로 내가 "예수님께 요청"을 했기 때문이다. 각자 저마다 다른 중독의 고통으로 힘든 시간을 보낼 때 '나를 도와주실 분이 계시다'는 믿음을 갖고 넘어져도 또 일어서기를 기도한다.

"예수께서 이르시되 내가 곧 길이요 진리요 생명이니 나로 말미암지 않고는 아버지께로 올 자가 없느니라" (요한복음 14:6)

"예수 그리스도는 어둠의 영으로부터 우리를 해방시켜 줄 수 있는 유일한 분이시다."

예수님을 내 삶의 주인이라고 고백하고 새로운 생명을 얻은 날부터 나에게 주어진 하루하루는 덤으로 받은 시간이라고 생각하며 살고 있기에, 오늘을 내 생의 마지막 날이라고 여기며 살아간다. 매일 새로운 날을 선물로 받아 나의 삶은 감사와 기쁨으로 가득 넘친다. 그 힘으로 나는 아주 먼 시골의 작은 교회, 교도소, 양로원, 보육원 어디든 가리질 않고 기쁜 마음으로 간다. 내가 이 세상에 필요한 존재가 되었다는 것을 생각할 때마나 뜨거운 감사의 눈물이 흐른다.

'쓰레기 같은 내가 어떻게 사람들을 행복하게 한다는 말인가?'

그런데 그 일을 지금 하나님께서 나를 통하여 이루어 가고 있다. 여전히 연약하고, 여전히 부족한 나, 어떤 자격이 있어서가 아니라 나를 절대 포기하지 않으시는 하나님의 놀라운 사랑으로 내가 여기까지 올 수 있었다.

"내 은혜가 네게 족하다 이는 내 능력이 약한 데서 온전하여짐이라 하신지라 그러므로 도리어 크게 기뻐함으로 나의 여러 약한 것들에 대하여 자랑하리니 이는 그리스도의 능력이 내게 머물게 하려함이라 "(고린도후서 12:9)

내가 한국에 들어와서 활동한지도 벌써 10년이라는 세월이 훌쩍 지나가 버렸다. 이 기간에 너무나도 소중한 사람들을 만나게 되었고 그들과 함께 아름다운 꿈을 만들어 갈 수 있어서 감사하다. 사랑하는 사람들과 함께 하는 시간 속에서 아름다운 열매들이 많이 맺

혀지기를 소망한다.

앞으로도 계속 펼쳐질 나의 인생을 여러분들과 손잡고 아름다운 음악과 나눔으로 열어가길 소망한다.

"행복을 이어주는 다리"
"A Bridge to Happiness"

마지막으로 나의 살아온 삶이 힘해서 글로 표현하기에 다소 거칠고 충격적인 내용에 대해 양해를 구하고 싶다. 마약에 사로잡혀 소망 없이 살아왔던 이전의 나의 삶과 같이 지금도 어디에선가 힘겹게 살아가는 사람들에게 그리고 그 가족들에게, 이 책이 작으나마 희망과 격려가 되기를 간절히 바란다.

죽어가는 나를 다시 일으켜 주신 하나님께서 중독으로 힘겨워하는 모두를 격려하시고, 용기주시고 또 세우실 수 있다는 좋은 소식을 이 책을 통해 마음껏 외치고 싶다.
"예수가 답이다!"

이 책을 읽는 모든 분들에게 예수님의 사랑이 흘러 전해지기를 소망하며 기도한다.

The end

새로운 시작을 향하여
Toward a new beginning

■ 약물 중독으로 고통 받는 친구들에게 보내는 편지

나는 수도 없이 죽음을 시도했던 악몽 같은 시간을 보냈습니다.

한 톨의 자존심조차도 남지 않은 비참한 삶을 살기도 했습니다.

모두에게 손가락질 받는 세상에 악과 같은 존재로도 살아 보았습니다.

그런 중에도 나는 살아보고 싶은 생각에 몇 날을 혼자 엉엉 울기도

했습니다.

거울에 비친 앙상한 뼈만 남은 나의 모습이

너무 불쌍하고 안타까워 울기도 많이 울었습니다.

사람들의 손가락질에도 구걸 할 수밖에 없었던 저의 모습은

제가 원했던 인생의 모습이 아니었습니다.

모든 사람이 다 저에게서 등을 돌리는 쓰레기 같은 삶을

제가 원하지도 않았고, 그런 삶을 살아야 할 필요도 없었습니다.

그러나 나의 의지와는 관계없이 단 한 번의 순간에

저의 삶이 완전히 뒤바뀌었습니다.

어느 한 순간 깊은 늪에 빠져버린 저의 인생은

걷잡을 수 없이 더욱 깊은 곳으로 빨려 들어갔습니다.

그리고 그렇게 30년이 가까운 세월을 중독에 잡혀 살아야 했습니다.

지금도 어딘가에서 고통 받고 있을 형제자매들을 위하여

그리고 함께 마음 아파하며 울고 있는 가족들에게

저에게 주어진 새로운 삶이

여러분들의 삶이 될 수 있음을 전하고 싶습니다.

약물 중독 때문에 고통을 받은 시간처럼

회복되는 과정도 얼마나 많이 아프고 힘든지 그리고

얼마나 많은 의지와 결단이 필요한지를 저는 잘 알고 있습니다.

그러나 한 번의 실수가 삶을 뒤바꾸어 놓았듯이,

한 번의 결단으로 다시 뒤바뀔 수 있다고 생각합니다.

얼마나 어려운 일인지를 너무 잘 알고 있습니다.

여러 가지 방법이 다 중요한 줄 압니다.

그러나 가장 중요한 것은, 바로 '자신의 결단'입니다.

자신의 결단이 없이는 중단이 된다 하여도

그것은 끊은 것이 아니라 참는 것 입니다.

약물 중독자는 결코 가해자가 아닙니다.

약물 중독자는 오히려 피해자입니다.

약물 중독자들이 겪어야 하는 마음이 고통은

정말 경험자가 아니면 알 수가 없습니다.

오죽 끊고 싶었으면 죽음까지 시도할까요?

미치도록 끊고 싶어 몸부림치는 그 마음을……

제가 심한 약물 중독으로 생사를 오갈 때

누군가 저희 부모님께 연락을 드렸다고 합니다.

당신의 아들이 곧 죽을 것 같아 보이는 데

시체라도 거두어 갈 준비를 하시라고……

그 이후로 부모님은 전화 받기가 두려웠다고 하셨습니다.

막내아들의 사망 소식을 들을 용기가 없으셨기 때문입니다.

저는 가족 중에 가장 쓰레기 같은 존재였습니다.

그러나 지금은

가족 중에 가장 감사하고 희망적인 아들이 되었습니다.

약물을 이겨낸 후에 제게 다가온 삶은

정말 말로는 표현할 수가 없는 천국의 삶이었습니다.

어머니 생명보험까지 해약하여 그 돈으로

약물을 구입했던 불효막심한 저였습니다.

아버지께서 돌아가시기 직전 마지막 전화통화에서

나에게 이렇게 말씀해 주셨습니다.

"나는 너 때문에 많이 행복했단다."

나는 정말 아무것도 한 것이 없었습니다.

그저 약물 중독에서 해방된 것, 이것 하나 밖에 없는데.

저에게 돌아오는 기쁨과 감사는

일일이 다 설명을 할 수가 없을 만큼 가득합니다.

저는 지금 분에 넘치는 사랑을 받고 있고

너무나 많은 사랑들로부터 응원을 받고 있습니다.

정말 눈물이 나도록 매일 매일 감사하고 행복합니다.

마약은 '죽음'입니다.

어느 순간 죽음에 다다르게 되는 것입니다.

환각이라는 가짜 기쁨에 홀려 빠져버린 마약,

결국에는 내 눈 앞에서 여러 친구들이 허망하게 죽어가는 모습을

보았습니다.

마약의 끝은 한 사람의 인생이 송두리째 빼앗기는

최악의 순간에 이르는 것입니다.

절대로 해결될 수 없는 것이 마약이기 때문에

살아남기 위해서는 이겨내야만 하는 것입니다.

저 또한 약으로부터 멀어지려고 갖은 애를 써 보았고

그 환경에서 멀어지려고 모든 노력을 다 해 보았습니다.

그러나 제 몸 속에서 끊임없이 요구하는 거대한 유혹은

그 어떤 방법들 보다 위에 있었습니다.

격리도 해 보았고 심지어는 스스로 장기 감옥에 들어갈

생각까지도 했습니다.

여러 가지 방법이 도움이 될 수 있겠으나,

가장 중요한 것은

'죽기를 각오하는 나의 결단'입니다.

입술을 꽉 깨물고,

금단 현상을 이겨내고 승리를 얻어야 합니다.

비로소 그때,

다시 아름다운 것들이 보이기 시작합니다.

정상적인 것들이 조금씩 보이기 시작합니다.

그 후에 보이는 세상과 그리고 사랑들의 모습은

그렇게 감사하고 아름다울 수가 없습니다.

이전보다 훨씬 더 가치 있는 삶을 살게 된다는 것을

전하고 싶었습니다.

그리고 꼭 드리고 싶은 조언이 있다면,

저와 같이 경험을 통해 승리를 얻은 사람들과

교제를 많이 시도하시기 바랍니다.

여러분들에게 정말 큰 도움이 될 것입니다.

약물에서 해방되는 '제 2의 삶',

말로는 설명할 수 없는 기쁨과 감격이 있습니다.

하루하루가 너무나도 소중해 지는 '제 2의 삶'

여러분들도 펼칠 수 있습니다.

오늘도 여러분들을 위해

누군가가 기도하며 응원하고 있음을

꼭 기억하시기 바랍니다.

회복을 함께 나누고 싶은 여러분의 친구,

지노 올림

■ 장애를 가진 친구에게 보내는 희망의 편지

저는 생후 8개월이 지나면서 나의 의지와는 전혀 관계없이

소아마비라는 장애를 갖게 되었습니다.

그리고 지금까지 불편한 다리를 친구삼아 함께 지내왔습니다.

어렸을 땐 마음속으로 불평도 많이 해 보았습니다.

나도 다른 사람처럼 마음껏 뛰어보고 싶다는 생각을

늘 해 왔으니까요.

그러나 어느 날,

나는 이 장애에서 죽을 때까지 벗어날 수 없다는 것을 알게 되었습니다.

'장애를 가지고 평생을 살아야 하구나' 깨달았을 때부터

아파하지도 불평하지도 않기로 결심 했습니다.

장애를 극복한 인간 승리 이야기가 많이 있습니다.

한 사람이 자신의 육체적 한계를 이겨 내기 위해

피나는 숨은 노력이 있어야 합니다.

무엇보다 인간 승리의 주역들 뒤에는 수많은 사람들의

지지와 응원의 힘이 있다는 것을 아시지요?

어머니는 나를 업고 3년 반을 전국의 병원을 찾아 다니셨다고 합니다.

내가 만일 일어나 걸을 수 없게 된다면

어머니는 나와 함께 죽을 생각도 하셨답니다.

그래서인지 저는 지금도 몸이 아프거나 힘들 때는

어머니의 호흡소리가 심장으로 느껴지는 것 같습니다

장애는 부끄러운 것이 아닙니다.

그러나 좀 불편하기는 합니다.

그렇다고 장애를 불행하다고 생각하는 순간

자신은 물론 가족과 내 주위 가까운 사람들을

아프고 힘들게 합니다.

장애는 단순히 본인만의 몫이 아닙니다.

장애는 함께 보듬고 바라봐 주어야 하는 모두의 숙제입니다.

혹시 거리를 지나다 누군가 넘어져서 일어나지 못하는 모습을 본다면

그냥 지나칠 사람이 몇이나 될까요?

장애는 바로 그런 것입니다.

그렇게 손을 내밀어 주고 보듬어 주는 것이 바로 장애입니다.

장애인의 인간 승리를 통해 감동을 얻는

많은 사람들의 응원을 아시나요?

두 다리가 없는 아이가 30계단을 오르는 모습을 생각해 보셨나요?

눈물이 나지요... 그런데 그 눈물이 동정의 눈물이 될 수 있을까요?

그것은 분명히 감동의 눈물일 것 입니다.

어쩌면 평생 그 장애를 떨구어 낼 수는 없겠지만

분명히 극복하여 뛰어넘을 수는 있습니다.

장애로 인해 자신을 포기하지 않고

그 한계를 극복해 나가며 도전하는 삶,

그 자체로 정말 아름다운 삶일 것입니다.

불편한 것과 불행한 것은 다른 것입니다.

한번은 아내가 제게 이렇게 말했습니다.

"나는 지금까지 살면서 당신이 장애인이라는 것을 생각하지 못했어요."

늘 긍정적이고 구김이 없는 저의 성격 때문이라고 말합니다.

제가 저의 장애에 대한 긍정적인 생각을 하기까지

오랜 세월이 흘렀습니다.

장애에 메어 아파하고 힘들어 하기보다는

오히려 장애를 뛰어넘어 또 다른 세상을 보고 싶었습니다.

제가 무대에 올라 아름다운 연주를 할 때면

사람들이 이렇게 이야기를 해 줍니다.

"장애를 이기고 선 모습이 참 아름답다!"

저는 빨리 뛰지는 못하지만 끝까지 달릴 수 있는 마음이 있습니다.

조금 불편해 보이기는 하겠지만,

저의 장애 때문에 사람들한테서 동정을 받을 마음이 없습니다.

저는 격려와 응원을 받고 싶습니다.

바로 여러분들의 격려와 응원이

내가 힘 있게 달려가고 또 빛을 발하게 되는 힘의 근원입니다.

잃는 것이 있으면 얻는 것이 있습니다.

장애 때문에 잃은 것이 있다면,

장애로 인해 분명히 얻은 삶의 유익이 있습니다.

장애는 고민으로 해결되지 않습니다.

장애는 나누어야 합니다.

그리고 함께 극복해 나가야 하는 것이 맞습니다.

사실 육신의 장애보다 더 무섭고 안타까운 것은 바로

'마음의 장애'입니다.

긍정의 마음으로 장애를 극복하고

새로운 멋진 승리를 얻는 주인공이 모두 되시기 바랍니다.

내 육신의 연약함이 나의 강함이라.

여러분의 친구 지노 올림